KB063293

카프카와 함께 빵을 먹는 오후

카프카와 함께 빵을 먹는 오후

이경은 지음

내가 사랑하는 모든 존재에게

프롤로그

내 방의 문에는 작은 유리창이 끼어 있었는데 불빛을 가리느라 늘 까만 천을 대었다. 그 조그만 네모 유리창은 책의 세계로 가는 비밀의 문이었고, 새어나갈까 두려워했던 불빛은 내 영혼의 타오르는 심지였을 테지만 그때는 작가를 꿈꿔서라기보다는 그저 책 읽는 게 좋았다.

뚝섬의 양옥집에서 나는 사과를 하루에 몇 개씩 먹었다. 일 도와주시던 아주머니는 엄마에게 미안해했다. 도둑맞은 것처럼 사과가 자꾸 사라진다고. 엄마는 웃으면서 말했다. "저 예쁜 도둑이 다 먹었는데 뭘. 책 보느라고 정신 팔려서."

그 막다른 양옥집에서 부모님은 서로의 선을 긋기 시작했으며 결국, 둘의 땅이 차갑게 갈라졌다. 책에다 얼굴을 묻고 모른 척했지만, 내 마음은 갈가리 해졌다. 그때 책이 말했다. "저리로 걸어가. 정신 똑바로 차리고."

하지만 나는 늘 해찰을 하며 걸었다. 삶이 흩어지고 있는데, 곧장 걸어가는 건 왠지 부끄러웠다. 아직 책은 배반의 장미를 보이지 않고, 여전히 글에 기대어 기쁨과 슬픔을 맛보고 있지만, 그것도 어찌 될지는 모를 일이다.

한 권의 책을 읽는다. 어떨 때는 제목이, 하나의 낱말이나 한 문장, 또는 한 문단이 통째로 다가온다.

'이번엔 책에서 받은 느낌을 응축된 시적 이미지와 산문적인 이야기, 두 가지 시선으로 써볼까. 조금 색다를 것 같은데….'

시작은 이런 소소한 생각에서 출발한다. 결국 이 책은 시와 에세이, 두 가지 형태를 담게 되었다.

책 안에 수액이 차기 시작한다. 그 물방울들을 채취할 유리병이 아, 바로 저기에 있군.

차례

2부

인생은 왜 그럴까

3부

추상적인, 너무나 추상적인

4부

상실의 시간을 지나

1부
사랑의 슬픔

얼마나 걸어와야만
만날 수 있는 사람인가
아직도, 있군

스쳐갈 것인지
악수라도 할 건지는
오로지 마음에 달렸다지만
그 마음 어디에 있나
겨우, 허공

사랑이 밖에서 떨고 서 있어도
안에서 열어줄 수 없는
그런, 슬픈

사랑이란 게 그렇지, 뭘
원래, 아파

사랑이란 게 그렇지, 뭘

최문자, 『사랑은 왜 밖에 서 있을까』『파의 목소리』

한 권의 산문집을 받고 놀랐다. 『사랑은 왜 밖에 서 있을까』.

단번에 제목에 반해버렸다. "요 제목 좀 봐. 어디서 이런 제목을…. 기막히다. 그치?" 이어 질투가 불쑥 올라왔다. 나는 사람이건 물건이건 집착도 질투도 적은 편이다. 그런데 이상하게 글 세계에서 좋은 제목이나 글을 보면 샘이 난다. 질투라기보다는 '애살'에 가깝다. 그녀의 경력을 보고 한 번 더 놀랐다. "나이가 80에 가까우신데, 이렇게 감각적인 제목을?"

감성이 꼿꼿하게 살아 있는 그녀의 글들을 읽으며 내내 찌릿해서 온몸이 아팠다. 도대체 나는 뭔가. 나는 왜 이런가 싶어 절망감마저 들었다. 내가 더러 꺼내놓기를 수줍어하는 그런 보드라운 감성과 감각을 고스란히 드러낸 시인의 '용감'이 부러웠다. 이런 문장이 나온다는 사실에 놀라며 중간중간 굳어버린 나의 가슴을 다시 뒤적거렸다. 내가 열세 살이나 어린데 말이야. 난 마음이 늙었나 봐. 옆에서 할 수 없이 웃어준다. 그 웃음마저 괜히 심통이 난다.

최문자 시인의 첫 산문집이다. '작가의 말'에서 시인은 당신이 힘들 때 아무 조건 없이 나서서 도와주거나 기도해준 이들을 생각한다. 당신은 그들에게 빚진 자이며, 그 사랑 앞에 쓴다며 제목의 의미를 말했다. 감사의 손길이다. 책 제목을 보면서 나는 만날 수 없어서 명치끝이 아픈 사랑, 외면의 얼굴을 보여도 아낌없이 그리워하는 외로운 사랑을 떠올렸다. 그래서 가슴이 쓰윽 베였는데…. 사랑이란 원래 꿈일지도 몰라, 이런 결론이 있을 줄 알았다. '서 있는 사랑'이라기에 지독하게 오진 진짜배기 사랑을 그렸구나, 상상했다. 가슴 밑바닥 더 밑까지 내려가는 저리도록 아픈 사랑, 닫힌 사랑을 향해 내내 혼잣말을 중얼거리는 사랑, 마음의 맨살이 영 만져지지 않아 결국 거두어들이는 사랑, 손톱 끝만큼도 허락받지 못했지만 곁에 온 것을 감사하는 사랑 말이다.

그런데 아니었다. 사랑에 대한 생각의 간극이 좀 크지만 괜찮다. 그럴 수도 있지. 그까짓 것쯤이야 넘어가자. 못 넘어갈 게 뭐 있나. 눈 딱 감고 넘어가면 된다. 한 발씩, 두 발씩….

날이 얼음장 같이 추워도 문 안에 들어가지 못하는 사랑도 있는데, 뭘. 65,000개의 못다한 말을 가슴에 품고 사는 사랑도 있는데, 뭘. 백만 송이 꽃을 피우면서 한 송이도 건네지 못하는 사랑도 있는데, 뭘. 스치는 바람 사이로 쏟아지는 총알을 고스란히 맞는 사랑도 있는데, 뭘.

넘어가야 하는데, 주춤거려졌다. 이렇게 내 마음대로 느껴도 되나 싶어서…. 작가의 마음도 들여다봐야 하는 것 아닐까, 하고 잠시 갈등한다. 글에 대한 해석과 감상이 너무 멋대로 뻗어가는 듯해서. 내가 너무 진지한 건지도 모르겠다.

책을 내고 나면 사람들의 여러 가지 반응을 보게 된다. 『가만히 기린을 바라보았다』를 출간했을 때는 왜 하필 '기린'이냐는 질문을 많이 받았다. 사실 나도 잘 모른다. 우연히 기린이 눈에 들어왔을 뿐이다. 거의 마지막 순간에…. 그런데 90여 편의 글 중에서 자기들 마음에 든 작품이 사람들마다 그렇게 다를 수가 없다. 물론 해석도 그야말로 각양각색이다. 살아온 삶의 켜가 다르니, 느낌의 폭과 둘레가 다른 게 당연하겠지….

시인의 시집으로 『파의 목소리』가 있다. 아직도 어린애처럼 잘 못 먹는 파 이야기를 끝까지 보았다. 파 냄새가 며칠 갔다. 머리를 감고 샤워를 해도 냄새가 사라지질 않았다. 속으로 '또 걸렸군.' 했다. 터키에서 양고기를 몇 번 먹고 나서 아무리 씻어도 그 냄새가 몸에서 떠나질 않아, 결국 한국으로 돌아올 때 옷을 두 개 버리고 온 기억이 난다. 유난스러운 여자.

사실 나는 맨 먼저 들어온 첫 문장이 좋으면 정성들여 읽고, 아니면 대충 건성건성 읽는다. 이 시집의 머리에 시인은 산문집에서처럼 '작가의 말'이라고 하지 않고, 굳이 '시인의 말'이라고 했다. 두 개의 미묘한 마음의 차이가 슬쩍 느껴졌다.

그녀는 '시인의 말'에 이렇게 썼다.

> 나는 하찮은 것에 매혹된 자였고, 이 매혹이 나를 매일매일 놀라게 할 것이라는 막역한 믿음이 있었다.
>
> –『파의 목소리』, 최문자, 문학동네, 2015, 5쪽.

'이런, 반하지 않을 수 없군.' 다음 페이지를 넘겼다. 매혹이라니. 내가 늘 매혹당하는 그 매혹 말인가. 게다가 남들이 모두 하찮다고 하는 그것들에 매혹당한다는 거지. 시공을 초월해 서로 공감하는 이 '매혹'이란 두 음절로 그녀와 나는 단박에 한 줄로 이어졌다.

작가와 독자는 이렇게 얼토당토 않은 데에서 공감을 느끼고 교집합을 갖는다. 나는 그럴 때마다 글을 쓴다. 그냥 지나가면 나중엔 하나도 모르게 된다. 글은 흔적을 남기고, 그 흔적에서 우리는 삶의 '스침'을 서로 알아챈다.

다음에 올 스침을 기다리면서, 매일 책을 읽는다.

뭐시라,
고새
다 져버렸다고.

워매
아깝아서 워쩐다냐.

가자.
언능 일나 부려라.
워데 가냐고, 시방?

꽃이 져도 오시라는
시 쓰는 양반 헌티
한번 댕겨 올라고.
가슴 끝이 쨍한 게
가고 잡네.

그 맴이나 내 맴이나
매 한 가지라 혀도.
얼굴 한 번 보면
마음살이
쪼매 풀어지겄재.

꽃이 져도 오시라기에

김주대, 『꽃이 져도 오시라』『시인의 붓』

■

내 그럴 줄 알았다. 문인화첩『꽃이 져도 오시라』를 받는 순간, 제목의 걸쇠에 다시 걸려들었다. 역시나.

마음에 그림 한 장을 척 붙이는 것도 모자라, 글은 환장지경에다 촌철살인이고, 시적 언어는 극도로 정제되어 살점 하나 발라낼 것이 없는데도, 가슴 한복판에서는 수액이 뚝뚝 떨어지는 책.

지난 번『시인의 붓』에서는 표지를 붉은 꽃으로 뒤덮으면서 "죽어서 오는 사람은 꽃으로 온다더니 꽃이 피기 시작하였다"로 '꽃'의 시작을 죽음의 이미지로 알리더니, 이번엔 '져버린' 꽃이다. 그는 말한다. 꽃이 져도 꽃이 탕, 탕 터지며 피는 소리를 한 그릇 받아둘 테니, 오시라. 나도 그 말에 기꺼이 대답한다. 가시라.

오시라, 가시라. 언어에서 바스락거리는 소리가 난다. 바람 속에 꽃 피고 지면 다녀간 줄 알라고, 그건 못 다한 말 때문이라고 하더니. 그렇게 슬쩍 마음을 비추기만 하더니, 이번엔 '내가 견딜 수 없는 나'를 꽃에게 견뎌달라고 아예 대놓고 말한다. 작가에게 무슨 일이 있었나. 아니 그동안에 세상이 어지러웠으니까, 있어서는 안 될 무슨 일들이 많았지. 힘든 시간들이 흘러갔지만, 아직도 다 지나간 건 아니야. 우리는 그걸 두 눈으로 똑똑히 지켜봐야 하거든.

나는 나만의 눈으로 그의 세상을 추측해보았다. 책의 갈피를 샅샅이 헤쳤다. 실마리를 잡았다. "아무리 짙은 안개라도 꽃을 꺾었다는 말을 듣지 못하였다, 나무를 도륙한 자는 해마다 영혼처럼 피어나는 저 꽃이 얼마나 무서울까." 이 두 문장이 대답 같았다. 메타포가 무섭도록 날카롭다.

꽃은 아름답다. 심각하거나 무거운 것과는 거리가 멀다. 즐거움이나 기쁨, 사랑, 행복 같은 밝은 기운을 북돋는다. 슬픈 일에서조차 위로가 되어준다. 한 송이일 때는 가볍고 연약해도, 모여서 지게에라도 오르면 갑작스레 무거워진다. 디에고 리베라의 〈꽃 노점상〉과 〈꽃 파는 사람〉에서처럼.

사실 꽃과 노동자의 투박한 손은 어울리지 않는 조합이다. 그러나 멕시코의 민중화가인 디에고 리베라는 이 둘을 연결하여 많은 작품을 쏟아낸다. 〈꽃 운반 노동자〉 같은 작품에서 꽃은 아름답고 귀한 무엇이 아니라, 단지 버거운 '짐'일 뿐이다.

사람들은 꽃만 보면 아름답다고 찍어서 SNS에 올리는데, 나는 꽃 사진에 별로 흥미를 못 느낀다. 꽃바구니에 든 꽃을 처리해서 버릴 때나 시든 꽃을 떠올리면 아름답던 이미지가 뚝, 떨어지는 것만 같다.

그대들, 꽃이 사랑스러운가. 고맙군. 꽃이 져도 오라는 시인이 이 땅에 사니 이 아니 행복한가. 그 마음을 보자기에 싸서 곱게 들고 가리다. 꽃이 진 자리도 사랑하는 그대를 사랑하는 게, 오늘 나의 삶의 목적이다.

그녀의 시집은 울렁거린다.
그녀의 언어들은 잠들지 않는다.

그녀는 살고 싶어 한다.
그녀는 살아 있어 쓴다.
너는 내가 살았으면 좋겠다, 했는데
나도 네가 살았으면 좋겠다, 말한다.
오래도록 시를 쓰는 너를 보고 싶다.

나는 너를, 너의 고통을 모른다.
너도 나를, 나의 아픔을 모른다.
몰라서 뒤지게 슬플지라도
우리 둘 사이에
오직 언어만 서 있게 하자.

영도의 바다가 울렁거린다

유진목, 『거짓의 조금』

▮

흰 여울 마을 앞, 이른 아침의 바다는 잔잔했다. 배가 소리 없이 있다가 모르는 새 훌쩍 떠나갔다. 태어나 처음 느끼는 기분이다. 육지에 사는 이는 누릴 수 없는 호사. 이런 바다를 보며 살던 사람은 내륙에 살기 힘들겠구나, 하는 생각이 들었다. 바다가 늘 불러대서…. 바다가 가슴속에 있으면 늘 포근할 것 같다. 바다는 엄마의 가슴이니까.

여행의 시작을 '손목서가'에서 시작하려고 했는데, 맨 마지막에 들르게 되었다. 정오가 되자 사람들이 여기저기서 나타난다. 얼른 들어가 몇 권의 책만 사들고 나와 길을 빠져나온다. 정박한 배가 남긴 여운을 사라지게 하고 싶지 않아서…. 물론 이 서점의 주인인 유진목의 시집 『거짓의 조금』만은 손에 꽉 쥔 채로.

하루는 신이 나에게 물었다. 어디로 가고 싶어요?

나를 괴롭히는 사람이 없는 곳으로요.

거기가 어딘데요?

내가 없는 곳이에요.

–유진목, 『거짓의 조금』, 책읽는수요일, 2021, 62쪽.

하루에 스무 시간을 자고 네 시간만 깨어 있었다는 시인의 시를 읽으며, 그 나이 때의 내가 왜 그렇게 잠을 잤는지 알아챘다. 벌레가 힘들고, 세상이 힘들고, 살아 있다는 자체가 죽음보다 더 힘든 현실이 발아래 던져져 있었다는 걸….

영도에서 하룻밤을 꼭 자고 싶었다. 어릴 적부터 영도다리에 대한 환상을 품고 있었다. 교과서에 나오는 그 다리는 가슴 속에서 늘 위대하고 멋져 보였다. 열리는 다리라니…. 제 가슴을 열었다 다시 닫는 다리의 심정은 어떨까. 어린 게 잔망스럽게 그런 별스런 생각을 했다. 누가 뭐래도 대단한 일을 해내는 다리이다. 언제까지나. 커서 보니 생각한 것보다 훨씬 짧았다고 말할지라도.

어려서 뜨문뜨문 살았던 부산. 외가쪽 친척들이 다

그쪽에 몰려 살았고, 나는 때마다 철마다 내려와서 이모네 집에 머물렀다. 그래서 부산의 지문이 마음속에 제법 새겨져 있다. 아직도 촉감으로, 입맛으로, 시선으로 남아 있는 기억들. 다 잊었는데, 잘 생각도 안 나는데 이상하게도 생생히 남아 있는 세 개의 장면이 있다.

보수동인가. 목조 건물 이층집, 저녁이면 어린 나는 유담뿌를 안고 계단을 올라갔다. 네모난 모양의 유담뿌였다. "네모난 건 군인들이 쓰다가 판 건데, 야매로 사서 가정집에서 썼어. 넌 별걸 다 기억한다. 따스했지. 그땐 다 가난해서 다른 연료가 없었어. 너 나 할 거 없이 가난하니까. 뭐 불평불만도 없었어. 그걸 기억해? 너를 돌봐준 건 큰오빠야." 전화 속에서 들려오는 사촌언니의 목소리도 어느새 추억에 잠긴다.

유담뿌에 뜨끈한 물을 넣고 담요에 둘둘 싸서 안고 자면 온 몸이 따스해졌다. 발밑에도 놓고 잔다지만, 난 꼬맹이인데도 가슴에 안고 잤다. 그건 꼭 그래야만 할 것 같았다. 내 가슴이 따스해져야 온 세상이 따스해진다는 걸 본능으로 알았던 걸까. 큰오빠가 데지 않게 조심하라며 매번 다시 잘 싸매졌는지 봐주었다. 그 따스한 말을 가슴에 안고 푹 잤다. 나에게 따스함이란 언어는 그래서 '유담뿌'

이다.

광복동 석빙고의 아이스케키. 방학 때 서울내기들이 내려오면 부산내기들과 어울려 먹던, 팥으로 만든 길고 긴 막대기의 아이스케키. 무엇보다 최고는 '내기'이다. 20개는 기본이고 더 먹겠다고 서로들 장난치며 웃어댔다. 서울에서는 어디를 기웃거려도 없는 가게. 난 왜 서울에는 없는가 원통해했던 기억이 난다. 부산에서 그렇게 인기인데 왜 서울 사람들은 만들 생각을 못했을까. 난 지금도 그 이유를 알고 싶다.

그리고 보수동 골목 끝에 있던 둘째 외삼촌의 사진관. 이상하게 길가에 비친 해가 길지 않아 갈 때마다 왠지 슬픈 느낌이 드는 길이었다. 건물 2층으로 올라가면 사진을 들여다보던 삼촌이 돌아보며 "경은이 왔나?" 하셨다. 부산 외갓집 식구들과 닮지 않은 외삼촌. 그 보드라운 목소리는 부산을 닮지 않았다고 나는 생각했다. 딸이 다섯에 아들이 하나인 외삼촌은 늘 내게 지폐 한 장을 쥐여주셨다. 지금 생각하면 어려운 살림이었을 텐데…. 나는 둘째 외삼촌한테 가는 게 참 좋았다. 아버지란 그런 목소리여야 한다고 지금도 믿는다. 하지만 그 목소리는 너무 빨리 그쳤다.

어라, 그러고 보니 나에게도 가슴 깊은 곳에 '바다'가 들어앉아 있었네. 이 글을 시작할 때만 해도 몰랐다. 아, 나한테도 있었다. 바다. 한번 품으면 늘 그리워진다는 그 바다가 바로 이곳 영도에서, 나를 불렀나 보다.

배를 바라보았다.
정박된 배를 마냥 바라보았다.
영도 바다에
그림처럼 고요한 배를 바라보았다.

한 예술가가 격렬한 추앙 끝에

베네치아에서 눈을 감다

사랑을 선택하다, 결국

토마스 만, 『베네치아에서의 죽음』

■

이십대 초반의 나는 토마스 만Thomas Mann에 열광했다. 특히 이름 맨 끝의 만Mann에 'nn'이라고 'n'이 두 개가 들어간 게 그리도 멋졌다. 내 가슴속의 영원한 소녀 『빨간 머리 앤』의 앤도 'Anne'으로 'n'이 두 개나 들어간다. 이상한 데에서 공통점을 찾았지만, 어쨌든 나는 더 좋았다. 겹쳐진 그 알파벳은 뭔가 좀 더 까다로우면서도 도전하는 정신을 상징하는 듯했다. 터무니없는 연상이다. 나는 이렇게 늘 턱없고 별난 상상이나 의미 두기를 즐긴다. 내 문학적 상상력은 알고 보면 우스운 텃밭이다.

스위스의 취리히에 갔을 때 오랜만에 그를 떠올렸다. 그렇게 좋다더니 어느새 까마득히 잊고 살았다. 원 사람이란 게 어찌 그 모양인지.

'여기서 심장병으로 떠났지.' 취리히를 돌아보았고, 그 공기를 들이마셨다.

대학 시절, 그를 알기 위해서 『토니오 크뢰커』, 『트리스탄』을 읽었다. 그의 작품이 하나씩 격파당했다. 그의 아름답고 세련된 문체가 좋았다. 한마디로 섹시하다. 전공자들이 들으면 뭐라고 할 수도 있지만, 내겐 그랬다. 몇 번씩 읽으면서도 지루한 줄 몰랐다.

노벨문학상은 『부덴브로크 가의 사람들』로 탔지만, 그는 『마의 산』을 본인의 최고의 작품이라 생각했다. 나는 두세 번의 실패 끝에 겨우 읽은 책이다. 오죽하면 친구들과 제목에 '마魔'가 있어서 읽기가 어렵다는 농담도 했다. 소설 속 주인공들의 나른하고 무욕적인 무기력함, 적당히 사치스러운 생각들이 오히려 매력으로 다가왔다. 처음엔 어떻게 7년을 지냈을까 했는데, 그럴 수도 있겠구나 하는 생각이 들었다.

스위스 여행 중 다보스에서 하루를 머물렀을 때, 토마스 만이 폐병을 앓던 부인과 함께 지냈던 다보스 요양원을 찾아보았다. 대충 저쯤이겠구나, 하며 추측하고 돌아섰다. 그때 그곳에 체류하던 사람들에 대해 썼던 것을 12년 후에야 완성한 것이 『마의 산』이다. 나는 주위의 산을 바라보았다. 아마도 이 중의 하나의 산을 모델로 삼았을지도 몰라, 하면서 한참을 바라보았다. 그들이 마치 거기에 살고 있기라도 한 듯이…. 실스마리아에서는 니체가 『짜라투스트라는 이렇게 말했다』를 구상했는데, 하는 생각에 스위스가 갑자기 가깝게 느껴졌다. 다음 날 아침 실스마리아로 떠날 예정이었다.

토마스 만은 내가 처음으로 '광狂'의 표지를 달아준 작가이다. 미학적 관점에서 그의 최고봉은 70페이지밖에 안 되는 『베네치아에서의 죽음』이라 생각한다. 그와 나의 취향은 다를 것이나 솔직해서 좋다. 누가 그런 감정이 생길 줄 알았나. 그 나이에, 늙은 노인인데…. 머리나 식히려고 훌쩍 떠난 여행에서 스스로 죽음을 선택하게 될 줄은 한 번도 생각하지 못했을 것이다. 그러나 일은 벌어졌고, 그는 결국 절대미 앞에 완벽하게 무릎을 꿇는다.

베네치아를 여행할 때, 곤돌라도 노래도 내 머리에 들어오지 않았다. '리알토 다리와 구스타프 아센바흐'만 떠올랐다. 아, 저기인가. 아니 저편인가. 전염병으로 폐허가 된 베네치아에서 단지 그 미소년이 보고 싶고, 함께 있고 싶다는 일념으로 버텨냈던 그가 애처롭기까지 했다. '위엄을 잃은 예술가의 초상화'라고 작가는 말했지만, 자신의 목숨마저 바치는 절대미에 대한 무작정의 마음이야말로 예술가의 특징이자 본성이 아닐까 생각한다. 그런 열정이 삭제된 작품이란 심장이 없는 몸과 같다.

즉흥적인 삶, 빈둥거리는 생활, 먼 곳의 공기, 새로운 피의 수혈이 필요해서 떠난 베네치아의 여행에서 죽음을 맞은 예술가 아셴바흐. 세상에서 가장 아름다운 절대미를 찾아내 두 눈에 담고서, 그는 스스로 죽음의 한 가운데에 선다. 이보다 더 미에 대한 열정이 극점까지 치고 올라간 작품을 나는 아직 보지 못했다.

블라디미르 나보코프의 『롤리타』도 있지만, 그건 에로틱을 넘어 치정의 느낌이 강하게 들어서 미의식이 잘 느껴지지 않는다. 그저 조금 놀랐을 뿐이고, 영화에서는 내가 좋아하는 제레미 아이언스의 눈길과 시선이 인상적으로 남았을 뿐이다. 나보코프는 "나는 교훈적인 소설은 읽지도 않고 쓰지도 않는다. 『롤리타』속에는 어떤 교훈적인 도덕적 교훈도 없다."라고 했지만, 아쉬웠다. 차라리 다니자키 준이치로의 『후미코의 발』이 더 에로틱하고 경배의 감정마저 든다. 이 책을 읽은 후에 조리를 신은 여자아이들의 맨발이 신경 쓰이곤 했다. 슬쩍 훔쳐본 일도 있다.

『도리언 그레이의 초상』에서 도리언 그레이는 그야말로 나르시시즘의 대가이고, 미에서 추로 추락해버린다. 도리언 그레이는 인간의 '추악한 미에 대한 의식'을 대표하는 캐릭터이다.

어찌 보면 나는 현실에 두 발을 단단히 두기보다는, 책 속에서 더 많은 삶을 살고 생각하는 종류의 사람이다. 책의 세계가 더 편하고 가깝게 느껴진다. 그래서 언제나 두 발이 공중에 떠다니는 느낌이 들 때가 많다. 바다가 어머니이듯이 나에게는 책이 나의 어머니이다. libro(책)가 있는 bibliotèca(도서관)에서 사는 삶, 나의 선택.

탱고는 열정이다
손과 발이
침묵하지 못한다
폭발해야만
정지할 수 있는 춤
차가움과 뜨거움이
한 몸 안에서 움직인다

열정을 흔드는 울음

박종호, 『탱고 인 부에노스아이레스』

■

탱고를 잠시 배웠다. 생각보다 몸이 밀착되는 춤이다. 다리와 손이 서로 엇갈려 만나야 하는 춤이라 살짝 당황했다. 속으로 '이거 생각보다 진한데?' 했다. 다행이랄까 아니랄까 파트너가 다 여자였다. 나는 한 두세 번 본 어느 여자 분과 파트너가 되었다. 나보다는 나이가 있어서 좀 가르쳐 드리며 춤을 췄다. 우리는 이거 남자랑 추면 좀 신경 쓰이겠며 시시덕거렸다.

그런데 한 30분쯤 췄을까. 뭔가 이상했다. 손이야 땀이 날 수도 있다지만, 그분이 몸을 떨었다. 나는 놀라서 "어디 불편하세요?" 하고 물었다. 내가 마음이 좀 이상해져서요, 라며 못하겠다며 나가버렸다. 아, 이건 또 뭐람. 그저 멍하니 짐을 가지고 나가는 그녀를 바라보았다. 선생님이 다가오셨다. 얘기를 들으시더니 여자끼리도 종종 그런 감정을 느끼는 분들도 있다면서 신경 쓰지 말라고 하셨다. 그녀는 끝내 클래스로 돌아오지 않았고, 나의 탱고 입문은 조르주 바타유의 두려움, 금기, 욕망의 에로티시즘과 함께 시작되었다.

만약 나에게 재능이 있었다면 무희가 됐을 것이다. 춤이 좋다. 하지만 승무를 하는 인간문화재 친구의 고혹적인 춤을 감상하는 것만으로 충분하다. 지금의 내게 춤은 그저 운동 차원에서 하는 몸짓일 뿐이다. 라인 댄스 반에 등록해서 춤을 추고 있는데, 음악이 들리면 가슴이 뛴다. 잘 안 움직이던 손도 신기하게 막 움직인다. 요가와 필라테스, 산책, 걷기, 명상도 해봤지만, 도무지 신이 나질 않아 다시 춤으로 돌아왔다. 그러나 몸은 정직해서 예전처럼 잘 봐주지는 않는다. 단지 음악만이 변치 않고 흐른다.

사람은 결국 자기가 좋아하고, 자기에게 맞는 삶을 선택해서 사는 수밖에 없나 보다. 그래야 행복하고, 에너지도 마구 분출되고, 일도 잘하는 것 같다. 현재 행복하다고 자신을 설득하거나 포장할 필요가 없다. 겉으로 행복한 척해서 뭐 하나. 남들이 인정하든 안 하든 자기 자신이 진짜로 행복해야 한다.

'아, 행복해.'와 '나 행복하게 보이지?'는 다르다. 보이냐고 묻는다는 건 아직 아니라는 의미를 내포한다. 그건 이미 가짜의 삶을 연출하는 몸짓이 슬며시 들어와 있다. 그리고 더러 행복하지 않으면 어떠랴. 꼭 행복해야만 하는가. 그냥 삶을 살면 되지. 이런 생각도 든다. 기쁠 때나 슬플 때나 추는 춤처럼. 춤은 그냥 춤이니까.

탱고는 부에노스 아이레스(맑은 공기)의 춤이자 음악, 그리고 문학이다. 이 말에는 '열정'이란 달아오르는 감정이 깔려 있다. 심장이 뜨거워지고, 어깨와 허리 옆구리가 움찔대기 시작하며, 당신의 상처받은 가슴과 눈에서 눈물이 흘러나오게 하는 마력이 있다.

처음엔 남자끼리 더 많이 췄다는 탱고. 물론 남녀의 성비性比가 절대적으로 맞지 않아 그랬다지만, 남자끼리 추는 춤이란 걸 들어보지 못한 나는 조금 충격을 받았다. 여자에게서 실연당한 남자끼리 부둥켜안고 추는 춤은 왠지 여자끼리 추는 춤보다 구슬프게 느껴진다. 얼마나 서로에게 위로받고 싶었으면….

3분이나 5분이면 끝날 춤 한 곡에 인생과 사랑, 영혼을 담고서 네 다리가 엇갈리며 달린다. 끝을 향해 달려가는 춤은 절정의 극한점까지 끌어올려진다. 결말이 이별이라는 걸 이미 알고 있는 애끓는 사랑처럼 춤의 끝은 애달프다. 이별인 줄 알면서도 손에서 놓지 못하는 사랑. 마구 내팽개쳐지는 처절한 감정들을 물끄러미 바라보면서도 끝내 버리지 못하는 마음. 탱고는 '열정을 흔드는 울음'이다. 아스토르 피아졸라가 말했듯 '발이 아니라 귀로 하는 예술'이다.

보르헤스 문학 안에도 탱고가 흐른다. 〈누군가가 탱고에 대해 말했지〉를 작사한 '환상문학'의 대가 보르헤스. 아르헨티나 국립도서관 관장이었던 그가 "80만 권의 책과 어둠을 동시에 주신 신의 절묘한 아이러니"라고 말할 때의 심정이 탱고 음악 안에서 흘러나오는 듯하다. 선택된 소수를 위해 글 쓰지 않았다며 노벨문학상을 거절한 그 멋짐에 어찌 반하지 않을까. 문학평론가 황현산은 "보르헤스를 읽는다는 것은 모든 방향으로 뚫려 있는 정신을 만난다는 것을 의미한다"고 했다.

"나의 구원은 글을 쓰는 데 있고, 별로 가망 없는 방식이지만 글쓰기에 열중하는 것"이라던 보르헤스. 나도 그 끈의 끝을 잡아본다. 그 정신이 한 줄기라도 희미하게 내게 비추기를.

음악의 볼륨을 높인다. 음악이 심장과 바로 맞닿는다. 직격탄이다. 순간 휘청댄다. 보르헤스와 부에노스 아이레스, 탱고가 절묘하게 섞이며 내 안으로 흘러들어온다. 난 그의 환상의 세계 안에 서서, 나를 둘러싼 것들을 만난다. 환상은 보따리를 풀지 않아도 된다. 보따리를 풀면 세상사 다 똑같다는 게 아무리 진실이라도. 나는 풀고 싶지 않다.

보고, 듣고, 읽을 것이다. 환상의 지극한 음 하나를, 탱고의 그 몸의 선線을, 부에노스 아이레스의 보르헤스를. 가끔 환상이 현실이 되는 순간을 기다리며…. 순간이 영원이다.

어디라고예?

한탸요!

한…

한, 탸!

이름이 와 그리 어렵습니꺼? 뭐 하는 덴데예?

서점이에요.

서점을 택시까지 타고 힘들게 찾아갑니꺼?

제가 가고 싶은 독립서점이라서….

독립예? 요새 그 말 참 많이 씁디더.

'독립되고 싶은 영혼이 많은가 봐요.'

제가 택시 하기 전에는 서점을 했었어예.

….

서점운영을 한 얘기를 글로 다 쓸라 카모….

'제발, 그만….'

서점은 제가 잘 압니더.

'아저씨, 부디 길만 잘 찾아가 주세요.'

망미단 골목에서 한탸를 찾다

보후밀 흐라발, 『너무 시끄러운 고독』

문득, 불안한 조짐이 스친다. 서점을 했던 기사 아저씨와 함께 서점을 찾아가는 길에 나눈 겉말은 좋은데, 속맘은 불안하다. 결국 도착 전까지 서점의 과거와 현재, 미래에 대한 브리핑을 고스란히 다 들어야 했다. 부산 여행은 택시를 자주 타야 하는 게 힘들다. 하지만 나는 대한민국의 줌마족이다. 찰떡처럼 맞장구를 잘 쳐드렸다. 옆에 있는 사람이 빤히 쳐다보며 그만하라고 얼굴을 찡그린다. 질세라 뭘 그러냐는 눈짓을 보내며 나중에 〈택시 기사님과의 대화록〉을 하나 써볼까, 하는 기발한 생각을 한다. 타향에서는 차창 밖을 내다보며 평소 안 하던 구상을 하게 된다. 그것도 여행의 일부이다.

'전국을 돌아다니며 취재를 하는 거야. 똑같은 주제를

주어도 좋고, 가이드를 해달라고 하면서 이 얘기 저 얘기 듣는 거지….”

또 시작이다. 이놈의 머리는 쓸데없는 데로 가지치기 하는데 선수다. 쓸데 있는 일은 그토록 더디면서…. 아저씨의 말은 좀 지루하긴 해도 못 들어줄 말은 없다.

‘한탸’는 망미단 골목길을 고불고불 돌고 돌아, 동네 한 복판에 초록색 옷을 잔뜩 입고 서 있었다. 서점 주인께서 보후밀 흐라발의 소설 『너무 시끄러운 고독』을 좋아해서 책의 주인공 한탸의 이름을 따서 지은 서점이다. 42년 동안 공산주의 체제의 감시 하에서 체코에서 글을 쓴 흐라발. 글쓰기를 직업으로 삼았던 작가라기보다 살아 있기에 글을 썼던 사람. 마지막에 주인공이 스스로 압축기에 들어가는 장면의 도취된 전율, 을 특히 기가 막히게 묘사했다. 마치 자기 몸을 압축기에 집어넣어 보기라도 했던 것처럼…!

책방을 지키는 분이 주인장도 그 장면에서 미치신다길래 나도 그 미친 족속의 하나이며, 왔다 갔노라고 전해 달라고 했다. 미친 그룹은 말 안 해도 서로 알아본다. 그래서 행복하다. 미칠 줄을 아니까. 그런 DNA가 있어서 다행이다. 비록 헛될지라도…. 우리는 한탸를 사랑하는 족속이다. 책을 고독의 피난처로 삼았던 한탸. 그는 지하실에서 책들을 압축하고, 책들을 읽으며 무슨 생각을 했을까. 장마다 반복되는 서두의 장면이 흥미롭다. 1장부터 8장까지 첫머리마다 나오는 문장들은 조금씩 변형되고 묘사가 첨가되기도 한다. 절대 잊지 않겠다는 듯이 반복하는 그 집요함에 누군가는 구토를 느낄 수도 있겠다.

> 삼십오 년째 나는 폐지 더미 속에서 일하고 있다.
>
> – 보후밀 흐라발, 『너무 시끄러운 고독』, 문학동네, 2016, 9쪽.
>
> 삼십오 년째 나는 폐지를 압축하고 있다. – 같은 책, 21쪽.
>
> 삼십오 년 동안 나는 폐지를 압축해왔다. – 같은 책, 35쪽.
>
> 삼십오 년 동안 나는 내 압축기에 종이를 넣어 짓눌렀고, 삼십오 년 동안 이것이 폐지를 제거하는 유일한 방법이라 믿어왔다. – 같은 책, 87쪽.
>
> 삼십오 년 동안 나는 내 압축기로 폐지를 압축해왔고, 언제까지나 그렇게 일할 거라고 생각했다. 은퇴를 해도 내 압축기는 나와 함께할 거라고 믿고 있었다. – 같은 책, 105쪽.

늘어놓으니 마치 이상李箱의 시 같다. 내가 좋아하는 작가들은 문장도 비슷하게 써주기로 결탁을 맺었나, 하는 쓸데없는 상상에 즐거워진다. 상상은 무게가 나가질 않는다. 마냥 가볍다. 날개까지 선물이다.

믿음의 끝에는 왜 늘 배반의 장미가 피어 있는 걸까. 게다가 지나치도록 아름답다. 한탸는 결심한다. 그 거룩하고 숭고한, 승천으로까지 끌어올리는 궁극의 진리에 대한 발견. 무얼 갖다 붙여도 그럴듯하지만, 나는 그의 마음이 '단순했다'고 본다. 책이 없는 곳에서 더 살고 싶지 않은 것이다. 자기 삶의 일부가 된 압축기가 있는 방에서 내쫓기느니 차라리 그 안에서 책과 함께 사라지겠다는 것이다. 그 최후의 자존심은 스스로 '내 지하실'에 자기를 묻는 종말의 길을 택함으로써 삶에 대한 의지를 마지막으로 표현한다.

한탸는 결코 비블리오마니아bibliomanias가 아니다. 원하는 책을 반드시 손에 넣어야 직성이 풀리는 미치광이 애서광愛書狂이 아니다.

옥타브 유잔느가 쓴 「시지스몬의 유산」이라는 단편소설이 있다. 헌책 발굴과 수집에 돈과 시간이 필요했기에 시지스몬은 결혼하지 못했다. 하지만 그는 사랑하는 여인에게 자신이 소중히 모은 희귀본들을 유산으로 남겼다. 그의 유산을 받은 여인은 죽은 시지스몬을 향해 복수의 칼을 든다. 시지스몬을 조롱하며 그의 서재에 쥐를 풀어놓는 장면에서 등이 뜨거워지는 통증을 느낀다. 이처럼 처절하고 통쾌한 복수를 본 적이 없다. 그야말로 내장까지 시원해지는 지독한 복수에 박수를 보내며 페이지를 넘긴다. 삶을 함부로 대해서는 안 된다는 걸 여주인공 에레오노르는 얼음장처럼 차가운 얼굴로 경고한다. 그녀가 한탸를 보면 뭐라고 말할지 궁금해진다.

책을 너무 사랑해 스스로 책이 되어버린 한탸. 더럽고 냄새나는 폐지 더미 속에서 선물과도 같은 멋진 책 한 권을 찾아낼지 모른다는 희망으로 매 순간을 살았다. 마지막 순간에 한탸는 한쪽 다리를 압축기에 넣고 잠시 기다린다. 욕조에 들어가는 세네카처럼….

한탸에 너무 집중했나 보다. 서점을 나와 지하철역으로 가는데, 갑자기 몸에서 통째로 기운이 빠져나가는 듯 자꾸 다리가 헛짚어졌다. 호텔로 돌아와 8시부터 내쳐잤다. 옆 침대에서 기가 막혀 꿍얼대는 소리를 꿈에서 들은 것도 같다.

내 마음의 지도 안에

한 시인의 마른 얼굴
한 시인의 소풍 귀천
한 시인의 꽃밥 꽃밥
한 시인의 섬진 강변
한 시인의 설운 죽음

한 수필가의 중국 이야기
한 수필가의 마두역 풍경
한 수필가의 수필관 역사
한 수필가의 약사 스토리
한 수필가의 수렛골 편지

실스마리아의 니체
다보스의 토마스 만
모두 다 함께 모여
짜라투스트라를 본다

내 마음의 지도는
사람들의 마음이 그려준다

아이오와의 푸른 얼굴

최승자, 『어떤 나무들은』

■

"애들은 어디에 살아요?"

"아이오와."

"앗, 아이오와는 최승자인데."

선배는 눈을 커다랗게 뜨며 그 시인을 아느냐고 했다. 내가 팬이라고 말하자 놀라는 눈치였다. 같이 갔던 진주 문학기행 이야기를 하다가, 이번엔 허수경 시인 이야기가 나왔다. 선배는 "내가 좋아하는 시인들을 너도 좋아한다니 이상한 우연이다. 우리는 중문과 출신 수필가라는 공통점도 있는데." 하며 묘한 표정을 지었다.

선배가 중문과 조교로 있을 때의 인상은 까칠한 편이었다. 독신녀 클럽의 회장 직함이 어울렸다. 그녀가 세상에 둘도 없는 사랑으로 온 학교를 떠들썩하게 만들었을 때 나는 아, 저런 면도 있었나 싶어 다시 쳐다보았다. 진주 여행에서 우리는 짧지만 긴 이야기를 나누었고, 오늘 인사동의 '귀천'에서 차를 마시며 중문학의 세계에 몸을 담은 수필가로서의 삶을 이야기한다. 중국어라는 언어를 통해 둘만이 알고 느끼는 언어의 맛을 이야기하면서 웃는다. 그 영향은 수필에서도 종종 드러나고, 그런 분위기를 많이 보여주었던 H교수님을 이야기하면서 둘의 마음이 뭉클해진다.

나에게는 마음의 지도가 있다. 여러 갈래의 지도 중에서도 '문학의 지도'가 제일 강하다. 어디를 가거나 그 동네 지명을 들으면 제일 먼저 문학세계에서 알게 된 문인의 이름이나 책, 글귀를 떠올린다. 아무도 들어올 수 없고, 그 누구도 알 수 없는, 나만의 지도가 따로 있는 지도. 그런 지도는 돈으로 살 수 없다. 책을 좋아해야만 그 입구에라도 설 수 있다. 문학을 사랑하는 자만이 얻을 수 있는 한 장의 표이고, 행복한 쿠폰이다. 느닷없고 터무니없어서 웃기지만 나만의 독특한 지도이다. 그 지도는 세계여행지도나 지구본처럼 흥분과 에너지를 불러일으킨다.

아이오와는 최승자 시인이 미국 작가회의의 초대를

받아 6개월 동안 지낸 곳이다. 그녀가 거기에서의 일을 『어떤 나무들은-아이오와 일기』라는 책으로 썼고, 나는 읽었다. 거기에서 '밥 먹고 잔 것밖에 한 일이 없다'고 했지만, 나는 푸른 얼굴의 시인을 그 책을 통해 들여다보았고, 상상했다. 그 뒤로 아이오와는 내겐 최승자 시인이다. 사실 나는 그녀가 시인인 줄로만 알았지 번역가인지는 몰랐다. 시집 『한 게으른 시인의 이야기』의 표지에서 담배를 물고 있는 그녀의 메마른 얼굴이 하도 강렬해서 첫인상이 깊었다. 그래서 이 책이 더 신선하게 다가왔다.

> 내가 하는 영어들은 말들이 아니라 글이다. 벌써 내가 하는 말은 'literary'라는 낙인이 찍혔다. 문어체라는 말이다…… 첫 번째 영어 수업이었지만 많은 것을 생각하게 해주는 시간이었다. 구어체의 세계라는 건 놀라웠다. 나는 그런 단어들과 문장들을 읽어본 적이 없다.
>
> – 최승자, 『어떤 나무들은』, 난다, 2021, 29쪽, 48쪽.

진주 중앙시장의 '꽃밥'은 허수경 시인의 「꽃밥」이다. 섬진강을 지나면서는 "여기 『섬진강』의 김용택 시인이 계시지." 하며 동네를 눈에 담는다. 지리산은 노고단보다는 마지막을 고한 「네가 그리우면 나는 울었다」의 시인 고정희가 떠오른다. 제주에는 문우인 중문학자 심규호가 있다. 대구에는 수필문학관을 지키는 홍억선 선생님과 약국 하면서 글을 쓰는 허창옥 수필가가 있다. 나에게 대구는 그들이다. 충주에는 수렛골 편지의 주인공이 살고 있고, 다보스에는 토마스 만이 있고, 실스마리아에는 니체가 짜라투스트라와 함께 있다. 나의 지도는 내 삶이 움직이는 한 함께 움직인다.

밀라노 두모오 성당 앞 좌판에서 엑세서리를 파는 흑인 남자와 그림을 그리는 여자는 이태리 숏스토리short story 책에 나오는 검은 천사와 하얀 천사이다. 천사끼리는 서로 사랑하면 안 되는데 사랑하게 되어 '죽음(La Morte)'이라는 죄를 받아 땅에 떨어진다. 그 자리가 바로 이태리 두오모 성당 앞이다. 사람들의 이야기가 내 눈앞의 풍경을 새로운 이미지와 그 세계의 이야기로 또 다른 세계를 만들어간다. 적잖이 재밌다.

그 세계의 지도가 복잡해져서 보기가 어려워지면 새로 또 하나를 만들면 된다. 무궁무진한 세계가 기다린다. 이 지도를 갖게 되면 삶이 지루할 새가 없다. 하루 한 시간이 바쁘다. 이런 지도를 하나 품으면, 가슴이 풍선처럼 부푼다. 저 하늘의 무지개까지 닿을지도 모르겠다. 두근거림이 내 손 안에 있다.

선배와 나는 오늘, 서로 이 지도를 잠시 공유했다. '귀천'이 바로 천상병 시인이라는 걸 알기에 사람들은 그를 그리워한다. 찻집 안 어느 귀퉁이에선가 천상병 시인이 웃고 있다. 나는 사방으로 미소를 보낸다. 오늘, 나의 지도 속에서 천상병 시인과 최승자 시인이 살아 움직인다.

아이오와에서 같이 연수를 받던 뉴질랜드의 작가 베릴이 "네 시는 파괴적 에너지로 가득 차 있다"며, "이건 칭찬"이라고 했다. 그때 최승자는 시 창작자보다 시 번역자로서의 즐거움이 더 컸음을 고백한다. 그곳에서 그녀는 문득, 바다가 그리웠나 보다. 아니면 자신을 바다를 그리워하는 나무처럼 느낀 것일까.

> 어떤 나무들은 바다를, 바다의 소금기를 그리워하여 바다 쪽으로, 그 바다가 아무리 멀리 있어도, 바다 쪽으로 구부러져 자라난다고 한다. 그런 나무들이 생각났다.
>
> – 최승자, 『어떤 나무들은』, 난다, 2021, 51쪽.

반짝이는 두 눈 아래
영혼이 숨어 있다.

그녀, 최욱경.

앨리스의 고양이는 어디로 갔을까

최욱경, 『앨리스의 고양이』

최욱경의 전시를 놓쳤다. 어찌나 아쉽던지 나는 화집이라도 사려고 과천 현대 미술관 숍에 들렀다. 다행히 한 권이 남아 있어서 얼른 들고 왔다. 책만으로도 더할 나위 없는 만남이었다.

한여름이 었다. 가슴도 타들어갈 것 같은 뜨거운 여름 속에 나는 최욱경의 화집을 들고 야외의 벤치에 앉았다. 시간이 가는 줄도 모르고 한 권을 다 훑어보았다. 그녀의 작품들은 전율을 일으켰고, 나는 정신이 온통 팔려 더위를 잊었다. 온몸에 소름이 돋았다. 더운 여름 사이로 그녀가 뚫고 들어왔다. 나는 푹 빠졌다. 오랜만에 오는 묵직한 경험이다.

그림을 잘 그리는 화가, 도전적인 멋진 여자, 에세이와 시도 잘 쓴 사람, 46세의 이른 나이에 타계하기까지 열정을 다해 미국과 한국, 멕시코에서 그림을 그리고 가르친 열정의 존재. 유난히 작고 여린 몸을 가졌다. 보이는 것이라곤 머루 알처럼 까만 눈. 그 빛나는 눈뿐이다. 어디에서 그런 기운이 뿜어져 나왔을까. 무엇이 그녀 속에서 튀어나와 그림으로 현신한 걸까. 열정, 삶과 예술에 대한 사랑, 그리고 보편적인 인간에 대한 사랑이 유난히 컸던 것 같다. 그 바쁜 일정 속에서도 가르침을 놓지 않았다. 가르친다는 것은 자기가 알고 있는 걸 모두 알려주고 싶어 하는 것, 주저 없이 아낌없이 제자들의 손에 넘겨주는 것이다. 가끔 그걸 잘 못하는 선생들도 보이지만, 세상의 모든 선생님들의 마음이 비슷할 것이다. 그것이 얼마나 큰 기쁨으로 다가오는지, 그들이 커나가면서 자기의 땅을 넓혀가는 모습을 지켜보는 게 얼마나 행복한지 알기에.

한국 추상표현주의의 선구자라 불리는 그녀의 화집 『앨리스의 고양이』는 제목부터 루이스 캐럴의 『이상한 나라의 앨리스』를 떠오르게 한다. 그녀가 쓴 시 「앨리스의 고양이」는 루이스 캐럴이 다루는 이상한 나라의 초현실적인 세계를 재현하고 있다. "수천 개의/ 하늘 문들이/ 활짝/ 열렸고/ 태양이/ 백색으로 찬란한데…."

나는 그녀의 작품 중에서 〈한때 당신의 그림자를 사랑했습니다〉 〈나는 딸기 아이스크림만 좋아합니다〉 〈시작이 결론이다〉 〈오후 3시〉 〈비참한 관계〉, 자화상 〈푸른 모자를 쓰고〉를 좋아한다. 그림도 좋지만 제목 또한 예사롭지 않다. 그림을 들여다본다. 강렬한 색감이다. 그녀는 그 색감들을 부드럽게 대비시킨다. 직선인 줄 알았는데, 그 끝에 곡선이 기다리고 있다.

그녀의 그림 두 점의 제목을 이어서 상상해본다. '오후 3시의 비참한 관계'란 무엇일까. 그림 속에서 무언가를 찾아내보려고, 찬찬히 본다. 몇 번의 눈 맞춤으로 될 일이 아니다. 그림자를 사랑하는 화가의 눈은 어떤가. 화가의 눈엔 그림자마저 아름다운 존재로 보이나 보다. 그림의 제목 하나하나에도 힘을 실었다고 생각한다. 모두 그녀의 마음을 비집고 나온 것이다.

앨리스의 고양이는 어디로 갔을까, 를 생각하며 침대 위에서 뒹굴다 차라리 내가 고양이 이야기를 써볼까 싶은 생각이 든다. 근데, 정말 어디로 갔을까. 궁금한 새벽이다.

달콤한 아이스크림
달콤한 쵸콜릿
달콤한 사탕
달콤한 키스
달콤한 약속
달콤한 목소리
달콤한 사기
달콤한 눈길
달콤한 연인
달콤한 음악
달콤한 편지
달콤한 허니문
달콤한 인생

달콤, 너무 좋아하지 마라.
이 죄다 썩는다.
썩는 건 어차피 닥칠 일이니
대충 피해서 오렴.

달콤한 인생

윌리엄 셰익스피어, 『로미오와 줄리엣』

외국의 도시를 한 60여 군데 다녔지만, 가장 아름다운 곳을 하나 고르라면 나에겐 베로나Verona다. 윌리엄 셰익스피어의 『로미오와 줄리엣』 속 사랑의 도시라는 배경도 한몫 했을 것이다. 사랑이란 늘 아름다움이 먼저 눈을 가리게 하니까. 달콤한 가시가 마구 찌를 줄은 몰랐을 테니까. 가슴에 독한 가시가 찔릴지언정 한번 불타오른 사랑은 쉽게 멈춰지지 않으니까. 죽음을 맞이하면서도 두려움 없는 사랑을 하는 게 영원한 행복일 수도 있으니까. 그래서 사랑은 위대하다고 말하는 걸까.

벤볼리오 아 사랑이란 겉보기엔 무척 온화한데, 실제로는 포악하고 거칠기만 하구나.

로미오	사랑이란 항상 눈이 가려져 있는데, 보지 않고도 제 뜻대로 찾아가는구나. 식사는 어디서 할까?

– 셰익스피어, 『로미오와 줄리엣』, 도해자 옮김, 열린책들, 2010, 28쪽.

보통 짝사랑을 하면 식욕을 잃지만 여기에서 로미오는 식사에 관심을 보인다. 해설에서 '로미오가 겉멋으로 우울증에 빠졌음을 드러낸다'고 한 대목에서 웃었던 기억이 난다. 예나 지금이나 연인들이 폼을 잡는 건 비슷한 모양이다. 셰익스피어의 대사를 읽다 보면 이런 재치 있는 말들이 숨어 있어서 재미있다. 나는 라디오 방송극을 쓴 탓인지 대사에 민감한 편이다. 반전의 말 한마디를 어떻게 쓸까, 혹은 어디에 집어넣어야 더 효과적일까, 고민한다. 셰익스피어도 고민했을 것을 생각하니 감히 동병상련의 정이 솟구친다.

베로나 기차역에서 내려 한참을 걸어 들어갔다. 여느 이태리 도시들의 길 풍경과 거반 다르지 않은 거리다. 그러다, 훅 멈췄다.

아레나Arena!

너 거기 있었구나. 말로만 들었던 너의 실체를 드디어 오늘에야 보는구나. 늘 남의 글 속이나 SNS의 사진들을 통해 보면서 언젠가 나도 갈 수 있을까, 내 생애에 아레나에서 한 번은 공연을 볼 수 있으려나 생각하면서도 너무 먼 이야기라 슬쩍 지나갔는데….

가슴이 뭉클했다. 로마에서 버스를 타고 가다가 모퉁이를 도는 순간 나타났던 장대한 콜로세움의 충격이 원석의 바위 같다면, 아레나는 우아한 벨벳 같은 와인의 물방울이다. 아니 물방울이 비친 환상의 그림이다. 나는 그 환상을 두 손 안에 덜컥 들였다. 만질 수 있는 환상은 사람을 눈물겹게 한다. 그걸 행복이라 하기엔 말이 모자라다.

토요일 밤, 이태리에서 유학 중이던 막내아들과 함께 아레나에 입성했다. 입성이라는 말밖에 어울리는 다른 말이 없다. 우리는 몇 장 안 남은 티켓을 겨우 구해 아치형의 돌문을 지나 아레나로 들어갔다. 원형 야외극장 안에 사람이 가득했다. 오늘 오페라를 네 시간 동안 함께 보며 같은 공간 속에 존재할 음악 애호가 종족이다. 눈을 마주치며 서로 미소를 지어준다. 그들도 같은 마음인가 보다. 그 순간, 모두 친구이다. 내 마음은 자꾸 부풀어올라 하늘에 닿기라도 할 작정인 것 같았다.

그때 바로 그 공간 안에 스며든 달콤한 바람이 내 안으로 들어와 몸과 마음을 오랜만에 풍욕시켜 주었다. 밤하늘을 가르고 울려퍼지던 오페라 〈아이다〉의 무대에 선 예술가들은 자신의 매력을 폭죽처럼 터트리기 직전이었다. 에티오피아의 아름다운 공주 아이다와 라마데스 장군의 사랑이 어떻게 그려졌을까 궁금했다. 다만 아레나라는 아름다운 건축물과 거대한 무대장치가 그들의 러브 스토리를 삼켜버릴까 걱정되긴 했다. 이야기가 금방이라도 사라져버릴 것처럼 무대와 그 주변이 지나치게 화려해서 마음에 걸렸다.

공연은 쉴 새 없이 내달렸다. 뭐 하나 나무랄 데 없었다. 그런데 두 시간쯤 지나자 몸에 첫 신호가 왔다. 새벽 1시는 넘어야 끝날 것 같은 긴 공연 시간이 마음에 부담을 준 모양이다. 마음의 미세한 변화는 몸에 즉각 전달된다. 몸은 언제나 정직하다. 연일 계속되는 여행의 제1 수칙은 무리하지 않는 것이다. 나는 속으로 갈등하기 시작했다. '내 평생에 이런 공연을 언제 다시 볼 수 있을 것인가. 이 비싼 티켓을 겨우 구해 들어왔는데 전막을 다 봐야 하지 않을까. 내일 일정을 반쯤 취소할까. 오늘 무리하면 몸이 견디지 못할 텐데….'

아, 아름다움이 현실을 이기지 못하는구나. 나는 막내에게 3부 중간까지만 보고 일어서자고 했다. 가슴에 무리가 오는 것 같다고. 아들도 반겼다. 음악 초보자라 속으로는 부담이 됐던 모양이다. 우리는 매력적인 여주인이 있는 숙소로 돌아갔다. 그리고 바로 침대에 누웠다. 아직 음악이 몸과 마음에 잔뜩 남아 있는 상태로 곧장 잠에 들었다. 그렇게 오래 기다렸고 놀랍다고 난리를 쳤으니 꿈속에서 나머지 공연을 생각해도 좋았으련만 나는 맑고 단순한 잠을 실컷 잤다. 아주 오랜만에….

생각해보면 베로나가 그리 마음에 남은 것은 무엇보다 막내와 함께한 여행이라서 그랬던 것 같다. 둘이 걸어다녔던 골목들과 카페들. 한여름에 얼굴이 붉어지도록 숨차게 올랐던 성당 가는 길. 그 길의 끝에 있던 성당과 아름다운 강이 있는 마을. 사실 뉴욕, 스페인, 이태리 여기저기를 많이도 같이 여행했는데 이상하게 이곳이 마음에 제일 남는다. 이제 밀라노에서의 유학생활이 거의 끝나가는지라 둘만의 여행이 막바지에 다다른 게 느껴져서인지도 모르겠다. 우리의 무의식은 이렇게 의식을 지배한다. 보이지 않는다고 없는 게 아닌 것처럼, 보이는 게 다는 아니라는…. 하지만 가시적인 세계의 삶에 익숙해져버린 두 눈과 마음은 무심하게 스친다.

그런 막내도 자꾸 큰다. 자란다. 진짜 어른이 된다. 그냥 주머니 속에 넣어두고 싶은데 금세 자라버린다. 이 아이를 넣을 큰 주머니가 이 세상엔 없다. 어느덧 진정한 한 남자가 되는 길에 올라선 너를, 아낌없이 무한히 축복한다. 나도 이제 쥐었던 손을 천천히 편다. 아니 마음을 다림질하며 깨끗하게 손질한다.

그러면서 문득, 살아나간다는 것, 나이 든다는 것이 마음을 내려놓는다는 말이라고 생각하니 참으로 허전해진다. 나는 우리들의 감성사전에 등록된 이 언어를 지우고, 대신 뜨거운 다른 말을 골라잡겠다고 작정한다. 아직은, 아니 끝까지….

오늘, 편지 한 통이 왔다. 그 여름 어느 날, 달콤한 인생을 나에게 선물해준 네가 들어 있는 사진 한 장과 함께…. 베로나의 아름다운 골목길을 걸을 때 "가벼운 발걸음이로구나. 정말로 가벼운 발걸음이로구나. 사랑하는 사람을 찾아오는 저 발걸음을 누가 막을 수 있을까." 하는 『로미오와 줄리엣』의 대사처럼 네가 웃으며 걸어오고, 내가 쳐다보는 모습이 영화의 한 장면처럼 찍혀 있다. 그 사진 위로, 네가 태어나던 날의 첫 울음소리와 "안녕, 아가야! 저 먼 별에서 우릴 찾아와 줘서 고맙다!" 하고 인사하던 내 목소리가 오버랩되어 들려온다.

구멍가게는 구멍처럼 작다.
구멍으로 들여다보는 구멍가게는 추억이다.
추억이 없는 사람도 그리워한다.
그곳에는 어린 시절의 행복이 있다.
소꿉장난 같은 유치하지만 순수한
볼이 터져나가도록 큰 눈깔사탕의
녹임이 있다.
서서히 녹아가는 그 달콤함이라니.

구멍가게가 있는 풍경

이미경, 『동전 하나로도 행복했던 구멍가게의 날들』

이미경이 아크릴 잉크와 펜으로 펜화를 그리고, 글을 쓴 『동전 하나로도 행복했던 구멍가게의 날들』을 읽고 나서, 나도 꼭 구멍가게 이야기를 하나 써야겠다고 마음먹었다. 우리가 어린 시절에야 구멍가게가 많았으니, 한 편 정도는 쓸 수 있다고 생각한 것이다.

바다 슈퍼, 유심 슈퍼, 석치 상회, 만세 상회, 청송슈퍼, 해룡상회, 옥기 상회 등 이미경 작가는 기억도 참 잘한다. 나는 이름을 외는 데는 젬병이어서 그런 기억력이 부러웠다. 수필가 김정미는 『골목, 게으른 산책자』에서 망대골목을 오르다 보면 나오는 작은 '수퍼' 이야기를 썼다. 이름도 재미난 '기대 수퍼'. 슈퍼가 아니라 '수퍼'라고 못 박는다. 이 기대 수퍼에는 사계절 내내 낡은 플라스틱 의자들이 오고가는 사람들을 맞이한다. 이 이름은 30여 년 전 약사동 산동네에서 가진 것 없이 살아가는 사람들끼리 기대며 살자는 뜻으로 지어졌다고 한다.

"망대를 보려면 어느 쪽으로 가야 해요?"

"볼 것도 없는데 뭘 자꾸 찾아들 와!"

퉁명스럽지만 따스한 주인 할머니의 말 한마디가 더 가보고 싶게 만든다.

이미경 작가는 '즐거운 기억이 구멍가게에 들어 있다'고 했는데, 나는 아무 생각도 나질 않는다. 아니 그 흔한 슈퍼에 대한 기억이 하나도 없다고? 그럴 리가.

조그만 사연이 하나 있긴 하다. 나는 어려서 부모님 형편이 좋지 않아 할머니 집에 맡겨졌다. 할머니는 할아버지가 이남에 내려와서 새로 만난 분이다. 당시 큰 집이 있던 할머니한테 기대어 살던 아버지는 결국 맘이 맞지 않아 내쫓기다시피 그 집을 나와야 했다. 이북에 두고 온 어머니에 대한 그리움이 유난히 컸던 아버지는 결국 마음을 열지 못한 것이다. 피난 당시 임신 중이라 움직일 수 없어서 그 땅에 홀로 남겨진 어머니를 생각하는 아버지 마음이 어땠을지 눈에 선하다. 내가 당신 어머니, 즉 나의 친할머니를 똑 닮았다고 늘 말씀하셨다. 그래서인지 내 머리에 아버지 손이 한 번 더 갔다.

손아래 남동생만 데리고 사는 부모님이 그립기도 하고 화가 나기도 했는데, 왜 동네슈퍼는 기억이 안 날까? 할머니가 아무리 잘해줘도 나는 분명 눈치를 보았을 것이다. 뭘 사 먹고 싶어도 동전 하나 달라는 소릴 못 했겠지. 말썽 피우다 나마저 쫓겨나면 큰일 난다는 생각도 했을까. 아니 그런 머리까지는 못 썼을 것이다. 뭐든지 워낙 늦는 아이라. 어쨌든 슈퍼에 들락거린 추억은 없다. 왕십리 대한통운 옆에 살았는데, 길 입구에 무슨 슈퍼 비슷한 게 있긴 했던 것 같은데, 아무 생각도 나질 않는다.

대신 나에겐 시장이 있었다. 시장의 고만고만한 점방들이 기억에 남아 있다. 길 건너편에 있던 시장이 왕십리 시장인지 행당 시장인지는 잘 모르겠지만, 나는 저녁이면 시장 길 옆에 있는 마작 집으로 달려갔다.

"할아버지, 할머니가 저녁 드시래요."

마작 집은 남자들만의 세계이다. 그 세계는 여자가 들어갈 수 없는 그들만의 재미난 곳이라고 생각했다. 담배 연기로 탁한 마작 방의 인상이 그다지 나쁘지 않았다. 패가망신하기 딱 좋다는 그 방에서 사람들이 오락을 하는 모습이 내겐 별 세계로 보였다.

지금도 들린다. 마작을 섞는 차르락 치륵, 그 구르고 부딪는 소리. 듣기가 제법 괜찮았다. 마작麻雀은 중국어로는 '참새'를 뜻한다. 그래서 저 마작을 얹는 소리를 '참새소리'라고 부른다. 국방색 담요 위에 사면에 쌓아 올린 마작의 성은 아름다웠다. 게다가 글씨가 쓰여 있는 네모난 조각들의 성 쌓기이다. 글씨들의 성城이다. 일곱 살 밖에 안 된 어린 나이인데도, 성은 왜 남자만 쌓는가 하는 의문이 들었다. 이게 뭐야. 여자도 성을 쌓아야지. 그때부터 내 마음속에 뭔가가 싹트기 시작한 것 같다. 희미하게나마 나는 꼭 아름다운 성을 쌓으리라 생각했던 것 같다. 그런데 오늘 문득, 깨달았다. 모르겠어? 지금 성을 쌓고 있잖아. 글로 세워진 '글의 성'. 사람이 마음에 씨앗을 심으면 언젠간 핀다는 것을 다시 느낀다.

시장은 어디나 중간 지점에 좋은 물건이 많고, 주변으로 갈수록 싸진다. 할머니 손을 잡고 다니며 절로 알게 된 사실이다. 나는 다리가 아파 죽겠는데 할머니는 시장을 한바퀴 다 둘러본 다음에야 물건을 샀다. 아무데서나 사서 가면 될 텐데. 이때 너무 지겨웠던지 어른이 된 나는 물건 살 때 빠른 속도로 결정해버린다. 첫눈에 아니면 절대 아니다. 미련이 없다.

시장을 보고 나면 시장 아래쪽으로 내려온다. 양옥집들이 많은 동네이다. 텔레비전에서 보았던 그런 예쁜 집. 나는 그런 집들을 보는 게 좋았다. 우리 네 식구가 함께 저런 양옥집에서 산다고 상상하는 것만으로도 가슴이 행복으로 가득 찼다. 아주 오랜 뒤에야 나의 소원이 이루어졌지만, 뚝섬의 그 양옥집은 이별의 전조였을 뿐이다. 사라진 풍경이 뜻하지 않은 풍경을 데려다주고 떠났다.

길 위에 선 너
어디로 가려는가
아스팔트 길마저 너의 존재를
완벽하게 드러내준다
너의 두 눈은
이미 미래를 향해 있고
두 눈 안에 우주가 담겨 있다
새로운 인생이 숨죽이며 너를 기다리고
세상의 모든 바람의 숨결이
들썩거리며 터진다
너는 미래를 양손에 쥐고 섰고
두 눈은 호기심으로 반짝인다
청춘은 파란 빛깔이라지만
내 눈엔 검디검은
알 수 없는 딥 블루의 바다
나는
그 깊은 곳에 너를 던지고
그 넓은 곳에 너를 던지고
기다린다
청춘의 신선하고 싱싱한 파문이
어디로
어디까지 갈지

청춘, 그 설렘의 푸른 언어

김희은, 『러시아 그림 이야기』

하나의 그림에 매료되었다. 아니 정확히는 그림 속 그녀의 눈에 빠져버렸다. 그 깊고 초롱초롱한 두 눈. 그림 하나가 내 안에서 글을 불러왔다. 초등학교 때 "송알송알 싸리 잎에 은구슬, 초롱초롱 거미줄에 옥구슬"이란 동요에서 '초롱초롱'이란 말을 써보고는 처음이다. 거미줄에 왜 이 말이 붙었나 생각했는데, 찾아보니 '조롱조롱'이었다. 그동안 잘못 알았던 것이다. 그런데 나는 앞뒤가 맞지 않는 쪽이 더 좋았다. 하나는 상태를 나타내고, 다른 하나는 의성어의 느낌이 들어 있다. 초롱초롱은 옥구슬에, 조롱조롱은 거미줄에 달려 있는 언어이다. 옥구슬의 푸른빛이 초롱초롱 빛나면서 소리를 내는 듯한 공감각을 불러일으킨다. 하나의 단순한 느낌보다 두세 개의 느낌이 함께 한다는 것은 그 울림이 다르다.

오랜만에 내 안에서 마주하는 신선함이다. 신새벽인지 어둠인지 알 수 없는 아스팔트 길을 옆구리에 책을 끼고 걸어가는 모습이 그토록 아름다울 수도 있다니…. 나는 약간 흥분되었다. 배움을 향한 그녀의 두 눈과 발걸음이 신선함으로 가득했다. 이 '신선함'이란 나이가 들수록 시들어간다. 그래서 좋았던 것일까. 날마다 사라지고 모자라니 그리웠나 보다.

김희은의『러시아 그림 이야기』속 러시아 화가 니콜라이 야로센코의 〈청강생〉(1883년)이란 작품 속에서 그리운 신선함을 한껏 들이킨다. 제목부터가 심상치 않다. 이 그림을 그린 야로센코는 19세기 말엽의 여학생, 노동자 등 과거와는 다른 사람들의 이미지를 그림으로 많이 남겼다. 신흥지식인으로서 여학생의 모습을 그린 이 작품 앞에서, 자유와 미래를 마음껏 꿈꿀 수 있는 '청춘'이 오랜만에 부러웠다.

사무엘 울만Samuel Ulman은 「청춘Youth」이란 시에서 "청춘이란 인생의 어느 기간을 말하는 것이 아니라 '마음'의 상태에 있다Youth is not a time of life; it is a state of mind"고 했다. 강인한 의지, 풍부한 상상력, 불타는 열정, 신선한 정신, 모험심을 가진 소유자의 바로 그 마음! 정말 그럴까. 그렇게만 한다면 영원히 청춘일 수 있는 티켓을 손에 쥘 수 있다는 건가. 몸에 새겨진 세월의 주름은 어찌하고, 마음만 청춘이라는 건가.

청춘을 부러워한 적은 없다. 내 청춘의 시대는 분홍시대가 아니라 청흑색 시대여서, 그저 벗어나고 싶었을 뿐이다. 어서어서 늙어지기를 오히려 바랐다. 청춘의 그 시퍼런 색깔이 부담스럽기만 했다. 청춘을 건너뛴 셈이다.

'강인한 의지'가 있었으나, 그 의지를 쓸 데가 없었다. '풍부한 상상력'은 이불 속에서 우주를 넘어다녔다. 상상력은 성냥팔이 소녀가 피운 한 개의 성냥불처럼 순간의 고통을 가릴 뿐 추위는 절대 사라지지 않았다. 끝내는 그저 헛된 공상으로 끝나고 마는 운명…. 상상력의 대장소녀 빨강머리 앤의 절망을 나도 자주 느꼈다. '불타는 열정'은 지나치게 많고 강해서 늘 데여 상처가 아물 새가 없었다. 가슴에서 모조리 들어내고 싶을 뿐이었다. 쓸데없는 뜨거운 열정이란 지독한 고통일 뿐이다. 그 절제 안 되는 열정 때문에 많은 밤을 신열에 시달려야 했다. 말만 아름답지 고통은 고통일 뿐이다. 심각한 물리적 통증을 동반하는.

나는 그 어린 나이에도 아름다운 말에 속지 않으려고 눈을 부릅떴다. 우리의 찐득한 삶은 미끈한 말로 절대 포장되지 않는다. 삶은 단순하고 잔인할 만큼 현실적이다.

모험심! 저 '모험심'이 내겐 절대 부족이었다. 집안의 유전자가 그쪽으로는 제로의 상태라고 해도 된다. 그래도 청춘이란 나이가 아니라 마음에 달렸다는 말이 적잖이 위로가 되긴 한다. 위로는 이런 작은 허공의 말이라도 잡고 싶어질 때 꼭 필요하다.

청춘의 시기를 청춘으로 못 산 나는, 아프고 나서야 눈을 떴다. 78세의 울만이 지은 시를 나는 62세에야 뼛속 깊이 공감했다. 더이상 미루지 않기로 마음먹었다. 그렇게 청춘을 얻었다. 젊은 청춘과 세포의 모양은 다를지라도. 그 옛날, 귀한 줄 모르고 마구 건너뛰었던 내 안의 청춘을 불러내었다. 사람들은 회춘이라고 했지만, 나는 '청춘'이라고 부른다.

스스로 푸르러 아름다운 '푸름', 청춘!

더러 잠깐 시들 때가 있어도 가슴 안의 붉은 열정과 푸른 공기는 신선함을 잃지 않는다. 열정이야 나이를 불문하고 가질 수 있지만, 신선하고 상큼한 젊음의 공기는

억지로 만들어지지 않는다. 공기의 향긋한 냄새는 자연이
라서…. 자연을 받아들이는 게 자연스러운 일 아닌가.

이별이란 말을 하고 있는데,
그가 웃는다.
그녀도 따라 웃는다.
그녀가 커피를 마시며 웃는다.
그도 커피를 마시며 웃는다.

아, 이별도 웃으며 할 수 있구나.

다음에 또 연락할게, 라는
세상에서 가장 쓸쓸한 말로
결국,
서로 악수를 했고
커피 잔은 아직도 따스했다.

한 사람이 오랫동안 화장실에서
나오지 못했다.
눈이 붓도록 펑펑 울었고,
밖에서도 노크 소리를 내지 못했다.
그들 가슴 속의 이별이 생각나서.

이별도 사랑일지 몰라

한용운, 『님의 침묵』

"사랑이 싹둑, 잘려나갔다. 그 날카로운 비명. 피 한 방울 나지 않는 가슴팍은 사막이다."

'이별'을 생각하는데, 이렇게 짙은 문장이 써졌다. 아무래도 내 마음 안에 약간의 불안한 감정이 있는 모양이다. 보통은 처음부터 언어가 이렇게 날카롭게 들이닥치지는 않는데 말이다. 내가 썼는데도 살짝 진저리가 쳐진다.

뭘 이렇게까지 독한 말들로 표현을 하려고 하나. 그래봤자 겨우 이별인데. 마음속에서 슬픔이 베일처럼 드리운 아름답고 서정적인 말을 꺼내오지, 하필. 눈물 몇 방울, 혹은 흠뻑 우는 울음, 슬픈 미소 정도면 될 걸. 왜 그러냐고 물어도 나는, 할 말이 없다. 나도 모르니까. 그 순간의 내 안의 감정들이 뽑아낸 언어일 뿐이다. 다만 나는 받아서 썼을 뿐이다.

싹둑, 하는 말에 이미 이별의 전조가 느껴진다. 의성어도 아닌데 온 몸에 소름이 돋는, 소리를 품고 있는 말! 게다가 날카로운 비명이다.

잘려 나간 사랑에 대한 통증? 아니면 잘려 나갈 줄 몰랐던 놀람? 이 정도면 피가 나와야 정상인데…. 얼마나 아프면 사막처럼 되었을까. 아니 차라리 사막처럼 되길 바란 건가. 사랑이 끝나고 이별만 남았을 때, 그 마지막 몸짓은 사막처럼 될 거라는 무언의 경고인가. 사막이란 말을 많이 쓰고 보지만, 나는 잘 모르겠다. 직접 가서 보거나 만져보지 못해서, 사막에 대한 걸 생생하게 그려낼 수가 없다. 그러려니 하는 것과 정말 그런 것은 다르다. 무리를 해서라도 한번 가봐야 할까. 이별을 위한 글을 쓰려고 사막여행을 간다면 미친 짓이겠지. 사막 때문에 나는 또 울렁거리기 시작한다. 이 울렁거림은 그곳에 가야만 풀어질 텐데…. 이별이 사막을 부른다. 나는 웃으며 뒤돌아본다. 슬픈 이별인데 우리는 서로 웃는다.

앞에서 나는 가슴이 통째로 멍드는 외로운 사랑에 대해서 썼다. 「사랑이란 게 그렇지, 뭘」. 그 짝으로 진짜배기 사랑의 이별을 한번 그려보면 어떨까 생각했다. 「이별도 사랑일지 몰라」.

흐르고 흘러도 멈추지 않는 울음. 버스 안에서도 전철 안에서도 밥을 먹다가도 차를 마시다가도 불쑥 나오는 눈물처럼, 이별이 가슴속을 마구 헤쳐놓는 걸 보고 싶다. 울어라. 사랑한 만큼 슬픈 거니까. 사랑은 결국은 자기의 생명까지도 기꺼이 내놓는 거니까. 이 장면에서 나는 질기게 물고 늘어져, 마치 파멸의 끝을 보기라도 할 작정인 것처럼 끝까지 갈 생각이다. 깊고 외로운 사랑만큼 처절하고 애달픈 이별이 필요하다. 손톱 밑까지 들이밀거나 발톱 끝까지 이별의 무게를 견디는 거라야 글맛이 난다. 나는 이런 스타일의 글을 쓰는 여자일 뿐이다. 글을 쓸 때는 독해진다. 바닥까지 가야만 직성이 풀린다. 〈전원일기〉의 김정수 선생님은 그 점을 아껴주셨다. 작가란 끝까지 물고 늘어질 줄 알아야 한다면서.

다만 대상을 여자로 할 것인지 남자로 정할 것인지가 문제이다. 옛날이라면 나는 분명 여자로 했을 것이다. 좀 더 세밀한 감각을 그려내기가 쉬우니까. 그러나 이번에는 기막힌 이별을 겪으며 울컥, 가슴을 떠는 남자를 한번 써보는 것도 좋을 듯하다. 남자도 진정으로 이별할 줄 알고, 가슴 아파하고, 울 줄 안다는 걸 보여주자. 욕정의 단순한 배설이 아닌, 칼로 베인 다친 가슴을 햇빛 아래 고스란히 드러내놓는 고통의 아픔을 분출해내야 한다.

뜨거운 열정의 극적인 사랑은 이별이라는 정해진 끝을 향해 달리는 브레이크 없는 기차일지도 모른다. 평범한 일상에서 받아들이기엔, 온몸을 데우다 못해 불태워버리고 마는 위험이 도사리고 있다. 그러나 그런 무자비하고 무모한 열정이 없는 사랑을 어디다 쓸 것인가. 그건 사랑이 아니라 일상이다. 무모해야만 닿을 수 있는, 아무것도 생각지 않는 순간에만 허용되는, 일생 단 한 번의 절벽 같은 운명적 기회.

영화 〈러브 오브 시베리아〉에 나오는 사관생도 안드레이 톨스토이 정도의 열정이라야 사랑이란 이름을 부를 수 있고, 죽음 같은 이별이 대응할 수 있다. 무자비한 열정과 데칼코마니를 이루는 심장을 얼어붙게 하는 이별! 무모해서 황홀한 씬이 툭툭 튀어나오고 평생의 명장면이 연출된다. 안드레이에겐 시베리아라는 차갑고 지독한 이별이 배달되었고, 제인에게는 아들이 위로가 되었지만, 이별의 고통은 둘의 일생을 움켜쥐고 풀어주지 않았다. 하지만 그들은 서로에게서 늘 사랑을 느끼며 일생을 산다. 이별이 아무리 시간을 묶어도, 그 두 연인의 심장을 묶을 수는 없다.

만해 한용운의 시집을 네 권 주문했다. 나름 이유가 있다. 대학 때 어느 문학잡지에서 만해의 사랑시를 보았다. 너무 아름다워서 놀랐다. 아니 "님은 갔습니다"의 '님'이 조국을 의미하고, "날카로운 첫 키스의 추억"도 '님(조국)에 대한 사랑을 깨달은 순간'이라고 줄을 치며 외웠던 나는, 이 분이 이런 시도 썼단 말인가 의심했다. 그러고는 잊었다가 이번에 문득 떠오른 것이다. 그런데 영 제목이 떠오르질 않는다. 나는 보면 알겠지, 하고 네 권의 책을 들여다봤지만, 암만 봐도 없다. 내가 그동안 나이가 들어서 그 시가 안 보이는 걸지도 모른다. 이제 어떤 시에도 감흥이 일지 않는 걸까. 결국 못 찾아내었다.

만해는 시 「가슴에 숨기고 싶은 사랑」에서 "호옥시 누가 볼까 가슴 속에 꼭꼭 숨겨두고 나만이 당신을 사랑하고 싶습니다"라더니, 「그를 보내며」에서는 "그는 간다…내가 보내고 싶어서 보내는 것도 아니지만, 그는 간다"더니, 결국 "눈물이 떨어진 줄 꽃이 먼저 알았다"는 기막힌 시구를 「꽃이 먼저 알아」에 써냈다. 꽃이 먼저 알아주는 이별의 눈물. 최고로 단순한 주어와 서술어의 문장으로 그린 이별의 순간 '그는 간다'. 시인의 마음에 내 마음까지

후욱, 쓸린다. 내가 찾으려 했던 시는 못 찾았지만, 아쉽지 않았다. 충분했다.

제자가 운영하는 독립서점에서 책을 몇 권 샀다. 주인이나 서점이나 영리와 상관없어 보이는 터라 격려차 몇 권 사려고 했는데, 고른 책이 많아서 결국 택배를 부탁했다. 안리타의 『이, 별의 사각지대』와 『쓸 수 없는 문장들』이 그렇게 도착했다. 예상한 대로 작가 소개는 없다. 다만 여자일 거라고 추측할 뿐이다. 이름이 벨벳처럼 우아해서. 가면을 쓴 것 같으니 상상 외로 남자일 수도 있지 않을까 했지만, 인터넷으로 찾아보니 역시 여자였다.

"물을 한껏 줬지만 화초는 살아날 기미가 보이질 않는다. 그러니까, 우리 사랑이 그러했다."라는 구절에서 나는 가슴이 한번 눌렸다. '이별, 이후의 이야기'라고 작가는 쓰고 있다. 약간 간지러운 곳도 있었으나, 내가 나이가 들어 그런가 하며 넘겼다.

어느 날부터 이런 사랑도 일상으로 가려 한다. 모든 것이 조율되기 시작한다. 애초에 열정에서 출생한 것을 모르는 듯이. 가지런히 정리하려고 준비를 한다. 사람들은 사랑에도 안정이 필요하다고 말하기 시작한다. 결국 그런 말들로 사랑은 서서히 죽어가고, 이별은 거센 폭풍우를 만나 영원히 폭풍 속으로 들어가 돌아오지 않는다.

사랑이 싹둑, 잘려나가고. 치명적인 이별은 그 잘린 칼자국을 안고 울어야, 극이 끝난다. 현실에서 그런 뜨거운 사랑은 존재하기 어렵다.

그래서 글로 쓴 극, 드라마가 생겨났다고, 사람들이 말한다.

2부
인생은 왜 그럴까

만화를 좋아하지 않지만
만화경으로 들여다보는 세상을
좋아한다.
카프카를 좋아하지만
그레고리 잠자가 불쌍해서
슬프다.
카툰 속의 네 칸은
너무 날카로워
만화의 세상이 의심스럽다.
우리들의 문학은
톰 골드의 펜 아래 갇혀서
빠져나오지 못한다.

에이, 빵이나 먹으며
오후의 차 한 잔과 재미난 이야기로
카프카를 즐겁게 해보자.
아마도 그의 두 눈이 빛날걸.

카프카와 함께 빵을 먹는 오후

톰 골드, 『카프카와 함께 빵을』

■

"참을 수 없을 정도로 불행할 때에만 제 존재를 느낄 수 있습니다." 톰 골드의 카툰 모음 『카프카와 함께 빵을』에 나오는 글이다. 이런 철학적인 글을 겨우 네 컷 카툰에 담았으니, 쉽지 않은 작업이다. 네 컷 안에 나오는 글들이 날카롭고 풍자적이며 서지학적이다. 게다가 문학계에 대한 농담이 거침없다. 그러면서도 귀엽다.

사실 제목이 좋아서 샀다. 얼마나 멋진가. '카프카와 함께 빵을'이라니. 듣기만 해도 기분이 근사해지는 것 같다. 그래서 나는 이 글의 제목을 '카프카와 함께 빵을 먹는 오후'라고 덧붙였다. 만약 그런 오후가 있다면, 나는 한 달 전부터 밥을 굶어도 배고픈 줄 모를 것이다. 도대체 만나서 무슨 얘기부터 해야 할지 가슴이 두근거리고 얼굴이 화끈거려, 만나기도 전에 가슴이 터져버릴지도 모른다. 오후란 밤과 연결되는 긴 시간을 예비하고 있다. 처음엔 둘이 만나서 차 한 잔과 함께 빵을 먹으면서 속닥대다가, 오후가 밤으로 잇대어지면 친한 지인들을 한두 명씩 불러 맥주 마시며 카프카의 소설을 이야기하는 상상. 그 순간 세상은 카프카이고, 문학이고, 우리 모두는 카프카를 사랑하는 수많은 팬들이자 덕후들이다. 아, 상상만으로도 행복하다. 그런데 제일 먼저 뭘 물어볼까?

프라하 여행 중, 프란츠 카프카 뮤지엄에 갔던 기억이 새롭다. 나는 카프카가 거기 살았다는 게 잘 믿겨지질 않았다. 골목이 소로小路여서 더 그랬던 것 같다. 파란 색으로 칠해진 작은 문으로 들어가니, 깊고 약간 파랗게 질린 듯한 두 눈이 포스터 속에서 바라보고 있었다. 그의 퀭한 두 눈은 세상의 무엇으로도 채워지지 않을 것 같았다. 삶에 대한 진지함으로 가득해서, 이 세상의 참을 수 없는 존재의 가벼움을 얘기하기가 쉽지 않아 보이는 바로 그 눈. 그렇게 태어났다기보다 삶의 하루하루가 그를, 그렇게 만들었는지도 모른다.

체코 프라하에서 태어났으나 독일어를 쓰는 학교에

다녔고, 혈통은 유대계라서 문학계에서도 경계인이나 아웃사이더로 무시당하는 분위기 속에서 글을 써야 했던 카프카. 인간의 실존, 소외, 외로움 등이 등에 딱 붙어 있을 수밖에 없는 자연적이고 환경적인 운명이 그를 휘감았다. 동생들은 태어나자마자 죽기도 하고 세계대전 때 희생을 당하기도 했다. 아버지와 사이가 좋지 않았던 그는 프라하의 카를 법대를 졸업하고 보험회사에 근무하면서 틈틈이 글을 쓰다 폐결핵으로 41세에 세상을 떠났다. 이 우울한 천재 카프카는 세상을 깊고 예리하게 들여다볼 줄 아는 '내 안의 눈'을 가졌다. 그런 카프카의 프리즘을 통과한 글들이 오랫동안 사람들의 눈을 뜨게 하고 있다.

프라하 여행을 같이 갔던 후배와 어느 날, 아파트 야외벤치에 앉아 이야기를 나누었다. 후배가 최근 아팠던 터라 나는 안부 인사를 가볍게 했다. 늘 시댁과 친정 양쪽의 일에다가 자식들의 자식을 돌보야 하는 등 일이 많아 삶이 무거운 친구이다. 그래서 아팠던 거니까. 거절 못하고 다 받아서 하는 그녀니까. 쳐다보는 내 눈에 어느새 눈물이 새나오려 한다. 억지로 삼키며 나는 말하기 시작했다.

"그레고리 잠자, 알지? 카프카."

"네. 변신한 괴물."

"맨 나중에 어떻게 됐는지 알아? 아버지가 던진 사과에 맞아서 어둠 속에서 죽지. 시체는 가사도우미 할머니가 쓰레기통에 버리고. 그게 끝이야. 그런데 웃기는 게 뭔지 알아? 바로 그들 가족들의 모습이야. 모두들 아무 일도 못한다더니 그렇게 각자 밥벌이를 잘하고 살잖아. 정말 말도 안 돼. 그동안 부모는 아들을 동생은 오빠를 속여 먹으면서 부려먹었다는 거 아냐?"

나는 계속 말했다. 네가 아파서 어디라도 아파 드러누우면 그게 변신 아니겠느냐며, 몸이 아파서 몸이 달라지면 그야말로 변신하는 거지. 당장 누가 너를 돌보나. 다 귀찮아할지도 몰라. 네가 못하게 되면, 어쩔 수 없이 식구들도 각자 제 살 길을 찾아 나서겠지. 모든 걸 너한테 의지하면서 해주기만 바라는 그들에게, 다 해준다고 말하지 말고. 제발 못 한다고 말해라. 제발 좀….

모임에서 누가 이 후배를 건드리면 나는 가만 있지 않는다. 무슨 수를 써서라도 막아준다. 내가 가진 모든 독기를 다 써서라도. 나는 이래서 문인 무사라는 소리를 가끔 듣는다. 함경도 아바이 자손답게 의리를 중요시하는 여자이다.

그날 오후, 카프카의 『변신』이 엉뚱한 데서 턱없이 끌려나와 쓰였다 해도, 그땐 정말 그런 생각이 들었다. 작가가 어떻게 썼든 우리는 계속 시대와 상황에 맞게 응용해나가고, 작품은 계속 변해나가며 진보한다. 변신, 카프카.

톰 골드의 말처럼 인간은 참을 수 없을 정도로 불행할 때에만 제 존재를 느낄 수 있을지도 모른다. 하지만 이런 인식은 때론 책 속에서만 존재했으면 좋겠다는 생각이 종종 든다. 현실에까지 뛰쳐나와 사랑하는 이들을 힘들게 하지 않았으면, 그냥 카프카와 함께 빵을 먹으며 웃었으면, 빵 냄새가 폴폴 나는 그런 따스한 오후였으면….

하루쯤 '카프카와 함께 빵을 먹는 아름답고 행복한 오후'여도 세상은 아무 일도 없을 텐데. 그렇지 않나.

기차역은
우리에게 무언가 말한다
어디로 떠나고 싶니
가고 싶은 데가 있긴 해?
떠나든지 내리든지
두 개의 선택지를 줄게
마음대로 골라

가야 할까
이대로 살까
내일이라도 떠날까

삶과 죽음이야 어쩔 수 없지만
그 정도는 선택할 수 있잖아
망설이지 마
오랜 뒤에
후회로 네 영혼을 팔고 싶지 않다면

그대 어디로 떠나고 싶은가, 지금

프리츠 오르트만, 『곰스크로 가는 기차』

기차역은 왠지 슬프다. 기쁠 수도 있는데 이상하게 슬픔이 더 느껴진다. 기차의 소실점은 '사라진다'는 느낌을 강하게 몰고 와서는 휙 말없이 가버린다. 어디론가 가야 하지만 떠나온 곳이 마음에 걸리기도 한다.

나는 늘 어디론가 떠나고 싶다. 그 어디론가는 어디라도 좋다. 혼자서 기차를 타고 갈 때 아주 찰나지만 새로운 세계로 진입하는 기분이 든다. 그 새롭고 낯선 기분이 결국엔 평범한 일상에 묻힐지라도. 기차의 덜컥거림에 두근거리기 시작한다. 떠난다. 드디어.

'덜컥' 하는 기차의 흔들림에 내 마음이 따라 흔들린다. 그런 흔들림을 어디서 보았더라. 아, 안나 카레니나! 기차 바퀴를 들여다보며 자신의 최후를 스스로 결정한 열정의 여인. 그녀는 사랑이 떠나자 미련 없이 생을 버린다. 사랑이 왔을 때 아무 계산 없이 와락 끌어안았듯이. 그녀의 선택은 비수같이 날카롭고 단정해서 위태로웠다.

〈미지의 여인〉을 그린 러시아 화가 이반 크람스코이(1837~1887)는 호기심을 자극하는 이 매력적인 여성에 대해 어떤 설명도 하지 않았다. 그림을 보는 이들이 톨스토이의 소설 『안나 카레니나』에서 안나가 브론스키를 처음 만날 때의 분위기를 느낄 뿐이다. 영화 속에서 안나를 연기한 소피 마르소도 그림 속 이 여인을 그대로 본떠 분장을 하였고, 그림의 분위기가 고스란히 재현된 그 장면은 안나 카레니나의 시그니처 이미지처럼 여겨졌다. 그림과 소설, 영화가 서로 한 몸이다.

에쿠니 가오리의 『냉정과 열정 사이』의 그 15분! 쥰세이는 아오이가 탄 국내특급보다 15분 빠른 국제특급의 티켓을 손에 쥐고 밀라노 역에 서 있다. 고작 15분이지만, 그것으로 미래를 손에 넣을 수 있다. 그들의 사랑은 아직 기회가 있다. 아니 세상의 모든 사랑이 기회의 티켓을 가져야 한다. 가슴속의 말을 한마디도 못하고, 서로 모른 채 끝날 수는 없다. 그건 너무 잔인하다.

곰스크. 그 멀고도 멋진 도시. 한 남자가 아버지로부터 귀에 닳도록 들어서 어느새 자기도 모르게 유일한 목표이자 운명으로 삼아버린 도시. 그는 전설처럼 곰스크를 마음에 묻고 살았다. 기차를 타고 그곳에 가려고 할 때마다 부인이거나 자식이거나 정원이 딸린 작은 집이거나, 무언가가 그의 발길을 멈춰 세운다. '가야 하는데….' 하지만 결국은 남고 만다. 그는 삶이 힘들다며 변명했지만, 그건 선택이다. 어쩔 수 없는 운명이라고 했지만, 냉정하게 말해서 그런 운명을 스스로 선택한 것뿐이다. 곰스크로 가는 특급열차의 소리가 날 때마다 그는 다락방으로 올라가 침대에 몸을 던진다.

제발 혼자서라도 다녀오라고 소리치고 싶었다. 가보면 별것도 아니다. 혹여 별거라면 거기서 그 별것과 함께 살라고 등을 떠밀고 싶다. 그에게 곰스크가 좀더 미치도록 절실했으면, 하는 생각이 계속 들었다. 작가는 극복 못하는 인간의 모습을 그리고 싶었겠지만….

혹시 우리도 좀더 절절한 것을 등 뒤에 놓고 사는 것은 아닐까. 언젠가는, 언젠가는 가겠지, 그 언젠가는 갈 수 있을 거야, 하면서….

등 뒤가 뜨끔하다.

나는 기억한다
붓을 쥔 그녀의 두근거리는 손가락을
와인잔을 든 미소의 떨림을
자기 그림 앞에서 반짝이는 두 눈을
빨간 신발을 신은 두 발을
행복할 때 나는 목소리의 높은 톤을
분당행 버스를 타러 걸어가는 뒷모습을

광화문 길이 기억하듯이
나도 그녀를 기억한다
모든 걸 기억하는 것 같지만
내가 쓸 수 있는 말은
겨우, 그녀

세상의 무언가를 기억하는 일

호르헤 루이스 보르헤스, 「모든 걸 기억하는 푸네스」

■

기억한다, 는 말은 아마도 글을 쓰면서 가장 많이 쓴 어휘 중 하나일 것이다. 어떤 말을 많이 쓴다는 것은 그만큼 기억에 그 단어와 관련한 흔적이 많다는 얘기이거나 아니면 어떤 형태로든 마음에 남아 있다는 얘기이다.

나는 기억에 약간의 재능이 있는데, 남들이 생각하기에는 쓸데없는 장면들을 아주 세세히 기억한다. 그게 하나의 이미지이든 이야기이든 간에 방금 보고 들은 것처럼 고스란히 말한다. 심지어는 그 순간의 냄새나 느낌, 입은 옷이나 장식품, 얼굴의 표정 등도 표현해 낸다. 그래서 글을 쓰나, 하는 말을 많이 듣곤 한다.

나에게 기억은 이미지이다. 이미지는 그 안에 이야기를 품고 있다. 뭉텅이로 들어와 머리든 마음이든 턱 하니

자리를 차지하고 나갈 생각을 안 한다. 어떤 형태든 불러내어 풀어주어야만 이별의 인사를 받을 수 있다. 나는 나의 기억들을 기억한다. 기억들이 하루 종일 재잘거릴 때도 있고, 입을 삐죽 내밀고 토라져서 한마디도 안 하기도 한다. 그래도 비교적 다정한 편이다.

호르헤 루이스 보르헤스의 단편 「모든 걸 기억하는 푸네스」의 주인공 푸네스는 자신이 본 모든 것을 기억하는 열아홉 살의 남자이다. 모든 걸 지나치게 잘 기억한다. 하지만 그의 무한대의 기억 속에서는 오직 어떤 순간에 대한 디테일만 있다. 그 무자비한 기억들은 마치 현대의 빅데이터 같다. 쓸데없는 정보 쓰레기들. 일반적인 개념이든 추상적이든 어떤 형태로 정리하는 플라톤적인 사고는 전혀 할 수 없는 그의 기억들은 그를 갉아먹는다. 현대인들이 인터넷이나 SNS에서 하릴없이 자기의 시간을 흘려보내며 삶이 마모되는 것과 너무나 비슷해서 나는 저절로 부르르 떨렸다. 보르헤스의 작가적 예언이나 예측이 의식적이든 무의식적이든 간에 놀랍기만 하다.

푸네스는 자기에게 천부적 재능처럼 주어진 '무자비한 기억'에 죽음의 순간까지 갇히고 만다. 만약 내가 24시간 동안 기억들이 머리에서 사라지지 않는다면 거의 미칠 것이다. 기억당하는 기억들은 신경 줄을 팽팽하게 잡아당길 테고, 그 미세한 신경 줄은 불면이라는 밤의 최악의 불청객을 초대할 것이다. 불면증으로 고생하던 보르헤스가 밤을 하얗게 지새우다가 이 작품을 쓰게 됐고, 다 쓴 다음에야 불면증을 극복했다는 사실은 그저 재미있는 일화는 아니다. 그런데 기억이라면 자연히 따라오는 '망각'이라는 말을 보르헤스는 거의 쓰지 않았다. 그는 상투적인 대립의 언어를 사용하고 싶지 않았거나, 좀더 기억에 집중하고 싶었던 것 같다. 고독하고 명석했던 세상의 관찰자 푸네스는 잠을 잘 수 없었다. 잔다는 것은 '생각이 세계로부터' 벗어나는 유일한 방법인데….

기억한다는 말은 영어로 동사 remember와 명사 memory로 쓰는데, 둘 다 라틴어의 'memor'에 어원을 둔다. 두 언어 사이에는 아날로그와 디지털의 느낌이 각각 있다. 're(다시)'의 알파벳은 두 개이지만 그 안에 '생각의 공간'이 자리를 차지한다. 무엇을 되돌려 볼 것인가. 처음과 다른 수많은 생각들과 기억들을 보면서 가슴을 떨려할 것인가. 아니면 과거에 대한 회억回憶으로 슬픔에 젖을 것인가. 그 모든 감정들이 움직이는 게 한눈에 보인다. 성스러운 동사이다. 아날로그적인 이 동사는 공간을 내어 준다. 명사는 그저 바늘로 콕 찍어대는 느낌이다. 너무 정확하고 예리한 단층적 기억이라 날카롭기만 하다. 오로지 기억 그 자체이다. 숨 쉴 공간이란 없다. 디지털시계의 빨간 숫자만이 명멸하는 기억을 잡고 있다.

기억은 길고 완벽한 이야기의 형태보다는 조각 같은 모습으로 남는다. 단상斷想 같다고 할 수도 있지만 단상과는 조금 다른데 기억에는 반향 같은 그림자가 붙어 있다. 그 그림자는 마치 안개 같아서 기억을 사뭇 멀게도 가깝게도 느껴지게 한다. 마치 하나의 장면을 제대로 찍기 위해서 카메라 렌즈를 끌어당겼다 밀었다 하며 조절하듯이, 그림자가 기억 그 자체를 드러내주는 길로 안내한다. 때로 그림자가 너무 진하면 기억이 가려지거나 잘못된 정보로 감정이 과도하게 표현되기도 하고, 그 색이 빛이 바랜 듯이 옅으면 기억에 혼돈이 오거나 괜한 자기의 상상이 덧붙여져 스토리를 만든다는 생각이 든다. 무슨 이론 같지만, 그저 '기억'에 대한 나만의 생각이다.

18세기 프랑스의 도덕주의자이자 수필가였던 조제프 주베르Joseph Jouber는 "사람은 자기가 느낀 대로 속마음을 표현해서는 안 되고, 자기가 기억한대로 표현해야 한다"고 했다. 롤랑 바르트는 『소소한 사건들Incidents』에서 이 말을 믿는다고 썼는데, 사실 나는 의문이 든다. 기억만 믿어야 할까. 느낌은 표현할 가치가 없는 걸까. 나에게는 오히려 느낌이 더 중요한데…. 내가 좋아하는 롤랑 바르트가 믿고 지지한다니 일단 믿어보려고 했으나 결국은 실패했다. 아무리 좋아한다고 해도 아닌 건 아니니까. 다 무사통과될 수는 없는 모양이다. 차라리 이 말이 더 쉽게 다가왔다.

> 어느 고장을 '읽는다'는 것은 육체의 기억에 따라 그 고장을 인식하는 것이다.
>
> –롤랑 바르트, 『소소한 사건들』, PHOTONET, 2014, 23쪽.

무의식의 세계, 기억은 여기에도 숨어 있다. 의식의 세계에 올라가지 못한 이 기억들은 숨을 죽이고 있지만, 분명히 존재한다. 푸네스는 무의식의 기억의 동네까지는 내려오지 못하고, 폐충혈로 죽었다. 나는 생각한다. 기억의 천재 푸네스가 불행하지만은 않았을 거라고. 세상의 무언가를 기억하는 일은 불행이라는 말에 잘 어울리지 않는다고.

너는 누구냐

나는 비밀
나는 망각
나는 불가사의
나는 어둠
나는 불안
나는 미래
나는 알 수 없는 생각
나는 모든 것에 대한 낯설음
나는 검은 두 눈
나는 그늘
나는 응시

낯선 것들이
곁에 두고
너를 벗기리

낯선, 그것

페르난두 페소아, 『불안의 서』.

▮

또 잡힌다. 결국 잡히고 만다. 말뚝처럼 콱 꽂혀버린다. 겨우 한 줄의 문장에, 푹 빠진다. 두 줄도 아닌 한 줄에 온통 정신이 나간다. 문장의 막강한 힘에 나는 맥이 풀리고 만다. 내 심장은 아마 힘들 것이다. 주인장이 잘 놀라고, 저리 절망하고, 미친 듯 행복하니 불행하니 탄식하고, 잘생긴 문장 하나 보고도 이렇게 난리를 치니 참 귀찮고 유난스런 존재일 것이다.

누가 뭐래도 나는 오늘, 저 한 문장에 몸을 떤다.

—그래. 꿇어주마. 너의 생생하고 젊은 문장에 내 기꺼이 무릎을 꿇겠다. 무릎을 꿇고라도 너를 얻을 수만 있다면 심장이라도 내놓으리. 절망으로 내려앉은 이 놀란 심

장이라도.

—그만해. 그게 뭐라고. 넌 그게 문제야. 늘 쓸데없는 것에 열정을 쏟지. 차라리 사랑에 빠진다면 이해나 하지. 문장이라니, 말이 돼?

—모르는 소리. 사랑은 움직이고 변하지만, 문장은 배신하지 않지. 달콤함 뒤에서 숨어 있다가 옆구리를 찌르지는 않는다고. 최소한.

—어디 내놔 봐. 뭔데 그래?

> 그 안에 숨어 있는 어떤 낯선 것이 그늘 속에서 우리들을 응시한다.
>
> -페르난두 페소아, 『불안의 서』, 봄날의책, 2014, 702쪽.

—서늘하군.

—봐, 시퍼런 어둠이잖아.

자기 안에서 '서로 다른 나我'들이 다툰다. 일생 동안 일흔 가지가 넘는 헤테로님Heteronym, 이명異名을 사용해서 글을 쓴 『불안의 서』의 작가 페루난두 페소아. 그는 저 한 문장을 쓰기 위해 설명되지 않는 세상의 일들과 그 일들의 배후인 비밀을 망각으로 변신시켜, 지상에서 사라지게 만든다. 하지만, 그럴 리가.

낯선 이의 낯선 눈이 낯설게 응시한다. 그것도 그늘 속에서. 어둠이 아니라서 낫다고 말할 수 있을까. 태양은 어디로 갔을까. 보이는 세계에 속한 그것은 순환의 고리에서 벗어나지 못하고 행복하게 마냥 돈다.

영어로 쓰인 이야기를 읽는 〈Short Story Class〉를 수강했다. 석 달 동안 나는 참으로 이상하고 낯선 이야기들을 읽고 학생들과 토론을 했다. SF를 좋아하지 않지만, 숏스토리에 나오는 이야기들은 흥미진진했다. 지금까지 보지 못했던 '낯설음'이 재미의 포인트였다. 동시에 전혀, 혹은 절대 이해가 안 된다는 한계가 있기도 했다. 젊은 학생들은 그런 한계를 자연스럽게 이해해 나갔고, 나는 그게 어떻게 이해가 되냐고 물었다.

"그냥, 받아들여요. 어차피 우리가 알 수 없는 이상하고 낯선 이야기잖아요. 도덕적인 잣대도 논리적인 사고도 필요 없어요. 자연스럽게 생각해요. 머리로 생각하지 말아요. 절대. NEVER!!!"

NEVER라고? 나는 충격을 받았고, 집에 와서 다시 책을 들여다보았다. 여전히 머릿속에서는 해결될 기미가 보이질 않았다. 나는 '낯선 것'에 대한 준비가 전혀 없다. 낯선 게 싫으니까. 낯선 것이 나를 쳐다보는 것도 싫고, 가까이에 오는 것도 싫어한다. 뭐든 한 십 년은 사귀어야 곁에 가고 마음을 준다. 익숙한 게 익숙해서 좋다. 다만 문학이란 게 '낯설게 하기'인데, 내가 뒤돌아보지 않으니 제대로 쓸 리가 없다는 사실이다.

그런데 "어떤 낯선 것이 그늘 속에서 우리들을 응시한다."라는 문장이 오늘 나를 뒤흔든다. 솔직히 말하자면 나의 눈이 닿은 것은 낯선 것이 아니라 '우리들'이다. 우리를 지켜보고 있다는 게 맘에 걸린다. 등에 난 상처를 볼 수 없어 답답하듯이, 누군가 지켜보고 있다는 게 신경이 쓰인다. 잊어버린 듯한 얼굴을 하더니, 비밀을 망각으로 변신시켜 묻어버린다더니 무슨 계획인가. 페소아에게 묻고 싶다. 당신은 왜, 우리를, 응시하는 두 눈 속에 가둬버리는가.

내 안의 무엇을 응시하는가. 욕망, 불의, 소심함, 고통, 어두운 그림자, 말 못하는 비밀, 비겁한 마음, 용기 없음, 무관심, 무기력, 집착…. 무얼 더 고백하길 바라는가.

너, 낯선 눈. 이제 숲길을 못 지나가리. 저 숲속에서 반짝이는 검은 두 눈이 쳐다보고 있음을 알고 있으니. 태양 아래 내놓기 어려운 내 안의 모든 어두운 생각들과 감정을 들킬 수는 없으니까. 그건 이 세상의 모든 만물과 맺은 나만의 비밀이니까.

너의 낯선 것들아. 우리를 응시하지 말고, 지나가라. 우리는 너의 것이 아니라 태양의 것이니. 우리는 어둠의 그늘로 스며들지 않는다.

저편에서 젊음이 낯선 것들을 주저 없이 마구 받아들이고, 나는 '젊음'을 물끄러미 바라본다. 모처럼 빨리 알아챘다. 나는 젊지 못하고, 태생이 늙었다는 사실을. 도전의 유전자가 없는 집안의 자손이라 낯설음에 취약하다는 변명을 늘어놓는다. NEVER! 변명은 금지시킬 예정이다. 이제, 나이도 들어 뭐 그다지 아쉬울 것도 못할 일도 없으니, 이참에 뒤늦게라도 낯설음과 악수나 해보자. 두려움이 내 두 손을 뒤로 묶기 전에….

낯설음, 젊음.

베토벤으로 시작한다.
세상의 모든 음악가들을 다 만난다.
결국, 베토벤으로 다시 돌아온다.

셰익스피어로 시작한다.
세상의 모든 작가들을 다 만난다.
결국, 셰익스피어로 다시 돌아온다.

우리는 돌아오기 위해
늘 떠난다.

늦더라도
꼭 돌아온다는 걸 믿어주는
너를 만나고 싶다.
그것은 축복이다.

템페스트, 그 폭풍 속으로

윌리엄 셰익스피어, 『템페스트』

이제 우리의 잔치는 다 끝났다.

이 배우들은 모두 정령이었다.

이제 다 공기, 엷은 공기 속으로 녹아버렸다.

희미한 흔적조차 남지 않게 된다.

우리는 꿈과 같은 존재이므로.

-윌리엄 셰익스피어, 『템페스트』, 문학동네, 2009, 101쪽.

윌리엄 셰익스피어의 희곡 「템페스트」 4막 1장에 나오는 이 대사는 무언가 피날레로 향한다는 것을 암시하고 있으며, 동시에 삶의 무상함을 그리고 있다. 셰익스피어가 은퇴하고 낙향하기 직전에 쓴 작품으로 보이는데, 배우와 극작가로서의 일을 접고 조용한 여생을 보내겠다는 의지가 들어 있다. 사실 극작가로서의 삶을 끝내고, 에이본Avon 강가의 스트래트퍼드로 금의환향하여 은퇴생활을 시작했다.

영국 여행 중 이 스트래트퍼드 어폰 에이본Stratford-upon-Avon에 들러서 기념관도 구경하고, 짧은 연극도 보았다. 문학기행으로 떠난 열흘간의 여행이라 특별히 이 장소가 애틋했다. 영국의 날씨답지 않게 포근한 날, 우리는 셰익스피어를 만났고, 그는 우리에게 자기가 살았던 고향을 보여주었다. 말할 수 없이 거대한 존재가 손을 내밀어 주며, 문학 얘기를 소근대며 들려주는 환상 속으로 기꺼이 들어갔다.

셰익스피어의 마지막 작품인 「템페스트」는 운명을 바꾸는 마법의 폭풍우를 표현한 것으로 밀라노의 대공인 푸로스퍼로가 정령과 마법의 도움으로 지위를 되찾는 신비한 이야기이다. 이 극의 주제는 관용과 용서, 화해이다. 절망과 암흑 대신에 희망과 빛이 있다. 일련의 알레고리로 되어 있다고 할 정도로 많은 우의가 있다.

셰익스피어가 은퇴를 준비하던 1611년에 집필되었으며, 「맥베스」와 더불어 그의 작품 중 가장 짧은 극이다. 17세기 프랑스 고전 희곡의 법칙인 '삼일치(삼단일)의 법

칙'을 따르고 있다. '하루 동안, 한 장소에서, 한 줄거리' 중심으로 극을 펼쳐나간다는 세 가지 조건을 만족시키는 문학적으로 중요한 작품이다. 문학적 「템페스트」는 이렇다. 그러면 음악적 「템페스트」는 어떨까.

"베토벤에서 시작해서 베토벤으로 끝난다."

베토벤을 좋아하는 사람들의 이야기이다. 나도 그런 순환의 길을 거쳤다. 라디오 드라마 작가를 하다가 별안간 클래식 음악 극작가를 하게 된 까닭에 나는 노력을 몇 배나 해야 했다. 전공자들보다 하나만 더 듣고 책을 보자는 생각을 했다. '많이 듣고 많이 느끼다 보면 알게 되겠지.' 처음 한 공연이 〈음악 속 재미있는 베토벤 이야기〉였다. 다행이다. 내가 좋아하는 베토벤이라서. 그랬는데 자료가 끝도 없어 버거울 정도였다. 자료를 보다가 극본은 언제 쓰나. 이러다 자료에 발목이 잡히는 거 아냐, 싶기도 했다. 자료는 참고할 뿐이지 그걸로 드라마가 되는 건 아니니까. 항상 둘의 관계에서 먹히지 않도록 조심해야 한다. 먹히면 결국 극본을 망친다.

그는 서른두 개의 피아노 소나타를 작곡했다. 친한 피아니스트가 일생에 서른두 개를 다 들어보는 것도 멋진 일이 아니냐기에 나는 순순히 다 들었다. 그중 나는 이 소나타 Op. 31 17번 3악장 '템페스트'가 좋았다. 무엇보다도 대문호 셰익스피어의 작품이 떠올라서…. 처음에는 우리의 마음을 살살 달래려는 듯이 보드랍고 아름답게 나오기 시작하다가, 잠시 후 격정적으로 흘러나오는 피아노 소리는 곡이 연주되는 내내 아름다운 선율을 풀어낸다. 마음에 격정의 회오리가 온몸을 감쌀 때 주로 듣는데, 볼륨을 최대한 높여서 들으면 내장까지 음악이 닿는 기분이다.

음악은 귀로만 들을 수 있는 게 아니다. 몸 저 구석에서 보이지 않게 존재하는 나의 내장들도 이 멋진 선율을 들을 권리가 있다. 음악은 귀만이 아닌 인간의 고귀한 영혼으로 듣는 신의 유일한 선물이라고 나는 생각한다. 그러므로 신의 목소리를, 음악가의 신성한 영혼을 만나기 위해 노력해야 한다. 자꾸 들어서 세상에서 둘도 없는 친구가 되거나, 첫눈에 뜨거운 연인이 되어야 그 '달콤함'을 맛볼 수 있다. 모르고 스쳐 지나가기에는 너무 아름답고 눈물 나는 세계이다.

얼마 전부터 여행 갈 때마다 포터블 블루투스 스피커를 가지고 간다. 아침에 일어나 눈을 부비고 나오는 이들에게 음악을 여행 선물로 주려고…. 모두들 생각지도 못했다가 흘러나오는 음악의 첫 음에 감동을 받고 가슴에 손을 댄다. 와우! 이런! 짧은 저 탄성에 우주가 들어앉는다. 누군가가 커피를 내오면 우리는 식탁 위의 작은 음악회를 열고, 음악을 자근자근 얘기한다. 그리고 내가 아는 한도 내에서 음악을 읽어준다. 주제선율이 나오기 전에 슬쩍 예고처럼 흘리는 곳을 알려주면, 모두들 그 음악에 반하기 시작하고 귀를 갖다 댄다.

음악을 문학적인 언어로 표현해 낼 때 우리는 한 권의 책을 읽는 듯한 기쁨을 누린다. 이른 아침의 음악과 문학, 커피 한 잔! 우리들의 빛나는 시간이다. 베토벤의 17번 소나타는 셰익스피어의 희곡 「템페스트」와 관련이 있다고 해서 '템페스트'라는 부제가 붙어 있다.

이 곡을 작곡한 1801~1802년은 베토벤의 인생에서 가장 힘든 시기였다. 언젠가부터 시작된 청력 이상은 백방으로 치료를 시도해보았지만 차도가 없이 계속 악화되기만 했고, 모처럼 진지하게 사귀었던 자신의 제자 줄리에타 귀차르디와의 연애도 결실을 맺지 못했다. 이런 일련의 좌절 때문인지 베토벤은 한때 자살할 생각으로 그 유명한 '하일리겐 슈타트의 유서'를 쓰기도 했다. 다행히 고통을 이겨내고 다시 음악활동을 시작했지만…. 이 곡을 작곡할 때의 고난이 담겨 있어서일까. 처음부터 끝까지 격렬하고 어두운 감정의 소용돌이가 온몸의 혈관을 타고 내달린다. 그 격렬함 속에서 고통이 '치유되는 듯'하다.

이 음악은 영화 〈책 읽어 주는 여자La lectrice〉에 나와서 많이 알려졌다. 나는 주인공 마리가 '젊은 여성이 댁에서 책을 읽어드립니다'라는 광고를 내고, 다섯 사람에게 책을 읽어주는 전달자로 나서는 데 그걸 보는 내내 착잡했다. 왜 하필 '젊은 여성'이라는 말을 썼을까? 왜 다른 장소도 있는데 댁에서라니? 이런 광고 카피를 볼 때 사람들이 제일 먼저 떠올리는 건 뭘까? 온갖 잡다한 생각이 들었다. 욕망과 성性의 이미지가 너무 강하게 풍기기 때문이다. 사람들의 욕망과 결핍에 대한 해소를 돕는 도우미로서의 가치는 금방이라도 사라질 것만 같았다. 그런데 영화에서 내내 나오는 바로 이 음악이 나를 구해냈다. 드디어 숨을 내쉬었다.

셰익스피어의 작품을 읽고, 이 음악을 들어보면 알게 된다. 음악이 책을 읽어주는 신비하고도 놀라운 경험을 하게 된다. 세계에서 제일 유명한 작가 셰익스피어와 음악가 베토벤의 이야기가 담긴 작품이다. 위대할 수밖에 없는 '운명'을 갖고 태어났다.

의자가 앉는다

의자는 앉으라고 말한다

의자는 서지도 눕지도 않는다

의자는 우주를 떠받친다

의자는 밥이다

의자는 글이고 그림이다

의자는 맥주다

의자는 차이코프스키다

의자는 고흐다

의자는 나다

의자, 그 미학적 거리

자크 프레베르, 『절망이 벤치에 앉아 있다』

의자를 그린 그림 중에서 가장 내 마음에 선명하게 남아 있는 것은 〈고흐의 의자〉이다. 아름다운 프랑스의 아를. 곧바로 내리쬐는 햇빛과 도시 입구부터 드러나는 고흐의 색채가 관광객들의 발걸음을 멈추게 한다. 하지만 〈아를의 별이 빛나는 밤〉을 모방한 레스토랑은 손님들이 뭐라도 주문하지 않으면, 근처에 몸을 기대는 것도 싫어한다. 우리는 알면서도 모르는 척 음료를 주문한다. 생존경쟁은 삶이 있는 한 치열한 게 당연하다. 그들의 상술을 웃으며 다 받아준다. 어차피 놀러 온 관광객이다. 다른 화가도 아닌 고흐인데 뭘 아낄까.

오베르 쉬르 와즈에서 본 고흐의 의자는 그 작은 방에 어울리게 작다고 해야 하나. 참으로 작았다. 가구라고는 거의 없는 방에서 그 의자는 인테리어 가구이자 접대용 의자이며, 유일하게 앉을 수 있는 실용적인 물건이다. 한 걸음만 내딛으면 벽이 닿을 정도이다.

갑자기 레너드 번스타인의 말이 떠오른다. "거미집에서 한 걸음만 더 내딛으면 콘서트홀입니다. 풍선껌과 현대미술관의 거리도, 싸구려 소설과 『율리시스』의 거리도 딱 한 걸음입니다."

딱 한 걸음! 비록 그 거리에는 심연과도 같은 차이가 있겠지만, 번스타인은 한걸음에 걸어 들어오라고 외친다. 예술로 들어가는 미학적 거리이다. 하지만 고흐는 의자에서 한걸음만 내딛으면 사방이 벽이었다. 공간의 제한적 거리이다. 침대와 책상은 고정적이니, 움직일 수 있는 거라곤 의자뿐이다. 고흐의 방에서 의자는 이렇게 중요하다. 의자는 나를 움직이게 하고, 나의 위치를 자유롭게 만들고, 무언가가 되게도 한다. 그 실존에 대한 감각이 다채롭지만 아프다. 몹시.

의자는 디자인적으로도 중요한 아이템이다. 근대의 산물처럼 보이는 이 의자라는 물건은 사실 동양인에게는 익숙하지 않다. 과거에 '권력자만 가질 수 있는 물건'이었다는 의식에서 빠져나오자, 일상의 일부분으로 자연스럽게 스며들었다. 모더니즘은 이것을 좀더 창의적이고 개인적인 세계로 밀어 넣는다. 1차 세계대전이 끝난 후 바우하우스를 중심으로 간결하고 실용적이면서도 인간적인 디자인을 구가한 의자들이 만들어져 세상의 사랑을 받기 시작한다. 팝아트와 플라스틱이 그 끝을 알 수 없이 의자와 함께 달리고, 다음엔 포스트모더니즘이…. 이건 대충 뽑아본 의자의 역사이다. 우리는 현재, 여기까지 와 있다. 그 안에 숨겨진 모습도 많다. 사람의 뒷모습이 많은 이야기를 하듯이 의자 역시 이야기를 담고 있다. 벽에 붙어 있거나 한쪽 구석에 쭈그리고 앉았거나, 무대 중앙에서 스포트라이트를 받는 순간에도 의자는 자기 스스로 혹은 누군가의 의지에 따라 그 모습을 기꺼이 바꾼다. 저항하지도 반발하지도 않는다. 그들은 자기의 역할을 충실히 해낸다. 의자는 혼자일 때와 둘이 있을 때, 열 명이 넘는 사람들이 함께할 때, 그때그때 변신한다. 고독, 대화, 외면, 휴식, 또 다른 대화, 소통, 이야기를 창조하면서. 그들은 모두 변하기를 언제든 기다린다.

의자는 서기보다는 앉기, 눕기보다는 앉기를 권한다. 중간자적인 위치를 고수한다. 너무 힘들지도 너무 늘어지지도 않는 중립의 위치에서 그들은 존재를 담으려 애쓴다. 마치 제 위에 우주라도 앉히려는 듯이, 다리나 몸체로 묵묵히 받친다. 우주가 그 위에서 떠다닌다.

절망이 벤치에 앉아 있다고? 왜 하필 절망…. 노쇠와 고독, 죽음의 이미지에 희망은 어찌 부를까. 답은 의외로 간단하다. 젊음! 하지만 한 번 지나간 젊음은 뒤돌아보지 않고, 젊은이들이 품은 젊음도 바쁜지 오지 않는다. 그들은 주름 없는 싱싱한 젊은 피부를 만지고 싶어 할 뿐이다. 세상 만물의 이치가 그렇다.

> 그를 쳐다보면 안 된다. 그의 말을 들어서는 안 된다. 그가 보이지 않는 양 그냥 지나쳐야 한다.
>
> –자크 프레베르, 『절망이 벤치에 앉아 있다』, 민음사, 2001, 73쪽.

자크 프레베르는 벤치에 사람이 앉아 있으면, "걸음을 재촉하며 지나치라"고 말한다. 그 사람은 살아 있는 사람이 아닌 게다. 늙어가다 못해 죽어가는 인간이 벤치 끝에 앉아 있는 것이다. 아, 그 말 서운타!

"너무 오래 살면 필요한 게 시간만은 아니"라고 한 찰스 부코스키에게 제일 필요한 건 뭐였을까? 매력? 글? 죽음의 문턱에서 피우는 담배? 좋은 일? 행운? 지구상의 어떤 슬픔보다 더한 슬픔? 시가? 와인? 차이코프스키? 아니 오히려 죽음?

그는 말한다. 술을 두 병하고도 반을 비웠는데, 서글픈 가슴이 통 맥을 못 춘다고. 도서관의 낮이나 술집의 밤이 같다고. 내 손목은 강, 내 손가락은 글이라고. 젊든 늙었든, 선량하든 악하든 작가만큼 서서히 힘겹게 죽어가는 것은 없다고.

한강은 『서랍에 저녁을 넣어 두었다』를 쓴 뒤에, 서랍을 열어 저녁밥을 먹었을까. 나는 별게 다 궁금하다. 서재 의자에 앉아 창밖을 내다보며, 나도 밥을 먹어야지 생각했다. 밥이라도 먹어야 의자에 앉고, 글을 쓸 수 있다.

저편에서 찰스 부코스키가 멋지게 시가를 피우며 나를 보고 웃는다. 작가가 창작의 벽에 부딪혔다, 라는 말이라도 쓰는 게 아예 못 쓰는 것보다 낫잖아, 하며 위로한다. 그는 맥주를 마시고, 나는 밥을 먹는다.

의자가 나를 바라보고 있다. 앉을 거야?

근데 말이야

시간이 멈추면

정말 세상도 멈출까

떠다니는 배와 작은 물방울

카를로 로벨리, 『만약 시간이 존재하지 않는다면』

"구름이 뭐예요?"

"구름은 하늘을 떠다니는 배란다."

"구름이 뭐예요?"

"공기 중에 정지해 있는 작은 물방울로 이루어진 거지."

–카를로 로벨리, 『만약 시간이 존재하지 않는다면』
김보희 옮김, 쌤앤파커스, 2021, 101쪽.

첫 문장은 어린 소년의 질문에 대한 아버지의 대답이다. 뒷 문장은 세월이 지난 뒤의 답변이다. 똑같은 질문에 아버지는 전혀 다른 대답을 한다. 당신은 어떤 답이 마음에 드는가. 물론 나는 '떠다니는 배'가 좋다. 작은 물방울도 나쁘지는 않지만.

『만약 시간이 존재하지 않는다면』의 작가 카를로 로벨리는 이 두 가지 관점이 서로 공존하며, 서로를 풍요롭게 할 수 있다고 말한다. 구름에 대한 기상학적인 관점이 결코 시적인 관점을 가로막을 수는 없다는 이야기이다. 작가는 과학과 철학이 서로 대화를 해야 한다는 기본 생각을 갖고 있는 이탈리아 출신의 이론물리학자이다. 그는 인문학과 과학은 간극이 있지만, 과학적 이해에 열린 태도를 가진다는 것은 '혁명적이고 전복적인 사고'에 대해 '열린 태도를 갖는 것'이라는 멋진 생각을 펼친다. 금세 반했다. 나는 또 이 책의 본래의 목적을 잊어버리고 또 딴데다 정신을 판다.

이 책에서 내가 확실히 알게 된 것은 절대 불변의 진리처럼 보이던 뉴턴에서 아인슈타인의 일반상대성이론으로, 다시 양자역학으로 이동했다는 사실이다. 확실한 한 줄이 머리에 쫘악 그어졌다. 저 일반상대성이론과 양자역학이 이 세상이 겉모습과 다를 수 있다는 것을 깨닫게 하고, 다른 사물을 보는 법을 배우는 '생각의 여행' 아니 '생각의 혁명'을 작가에게 주었다면, 나에게는 그가 새로운 생각의 세계로 가는 열쇠를 건네준 셈이다. 사람들이 하도 입에 올리기에 양자역학을 조금 들여다보았는데, 루프 이론이란 새로운 과학 이야기로 이어진다. 머리가 복잡해지기 시작한다. 어지러운 것 같기도 하다. 어쩌면 이렇게 과학적 머리가 없는지 모르겠다.

나는 시간에 관심이 많다. 시간이란 게 눈에 보이지도 않는데 우리가 시간을 철떡같이 믿고, 시간의 스케줄에 따라 움직인다는 게 이상하기도 하고 우습기도 하다. 손안에 놓이지 않는 시간. 분명히 뭔가 있지만, 그 우주적인 거대한 흐름을 내 머리로 만지기엔 절대 역부족이다. 이 책도 제목만 보고 얼른 산 것이다. '시간'이 들어 있어서. 그러나 결국 이 책에서 말하는 '시간과 공간이 없는 세계'라는 세계는 놓치고 말았다. 고백컨대 시간에 대한 이야기는 만져보지도 못했다. 형광펜으로 아무리 줄을 그어도 헛일이다. 암만 봐도 나는 잘 모르겠다. 그 우주의 새로운 세계를….

그런데 웃기는 것은 책을 넘기면서 눈에 쏙쏙 들어오는 낱말들이 있다는 사실이다. 이태리 출신의 과학자, 과학이 지닌 몽상의 힘, 이태리 교수들의 생각….

막내아들이 이탈리아에서 유학을 해서, 아니면 내가

그 언어를 조금 알아서 그런지 눈이 절로 간다. 언어를 안다는 것은 그 세계를 알아가는 것이고, 그 언어에 속한 모든 것을 이해하는 눈을 갖게 된다는 것을 의미한다. 어느 날 불현듯 깨달았다. 나에게 이탈리아어가 이탈리아에 대한 모든 '접속의 다리'를 놓아주고 있으며, 나는 이제 그 세계로 건너갈 수 있음을.

미국에서 10여 년간 연구생활을 하며 산 작가는 '미국이 전도유망한 젊은이들에게 황금다리를 놓아주는 반면, 유럽에서는 자기 차례가 올 때까지 기다리라고 한다'며 양쪽의 차이를 얘기한다. 나도 공감한다. 유럽인들은 별로 바쁘지 않다. 하염없이 기다린다. 운동하다 다친 아들이 이탈리아 현지 병원에서 CT를 한 장 찍는데 3개월이나 기다려야 한다기에, 비행기를 타고 한국으로 들어오라고 소리를 질렀던 일이 생각난다. CT 한 장 찍으려다 목 부러질 지경이다. '에이, 제기랄 놈의…' 하며 흥분했다. 그들은 바쁘지 않으니 생각하고, 상상하고, 천천히 느끼고 그러는 시간 속에 그들의 예술이 부풀어오르는지는 모르지만, 현실은 매번 복장이 터진다. 하지만 예술은 느림이니까. 느려야 그 세계는 숨 쉴 수 있으니까. 이해하고 또 이해한다. 나는 예술을 사랑하는 사람이니까, 애써 스스로를 위로한다.

이탈리아에는 아무도 카를로 로벨리가 연구하는 과제를 하는 사람이 없고, 그가 가려는 길은 막다른 길이나 다름없으며 일자리를 절대 찾을 수 없다고 말하는 교수님과 가고 싶은 길을 계속 가도록 내버려두는 지도교수가 동시에 존재한다는 이야기가 인상에 남았다. 지독히 현실적인 말과 매우 자유로운 생각의 두 세계의 충돌. 나는 순간 강한 반동이 올라왔다.

'제발 내버려 둬. 뭐라고 좀 하지 마. 앞이 보이지 않아도 걸어가게 두라고. 빛은 늘 깜깜한 곳에서 더 잘 빛나니까, 어느 순간 눈에 꼭 보일 거야. 그냥 놔둬 줘.'

책을 보다가 '과학과 몽상'이라는 말이 눈에 확 들어왔다. 과학이 몽상을 한다고? 몽상은 우리 동네 말인데? 아, 우리 동네로 놀러 왔구나. 그래, 한번 멋지게 놀아보지 뭘. 둘이 함께.

갈릴레이의 친구이자 근대과학을 이끈 몽상가 페데리코 체시의 '앎에 대한 자연스러운 호기심과 욕구'에 따라 그는 이론물리학 속으로, 나는 그의 책으로 들어갔다.

한때 우리는 열심히 여행했다.
세상을 알려고.
하지만 세상은 여전히 알 수 없는
비밀의 정적 속에 제 목소리를 감추었다.
절대 드러내지 않는
비밀의 문을 열고 싶었다.
이제는 그저 여행을 한다.
그곳에서 배우려 하지 않는다.
바라볼 뿐이다.
저 빛나는 태양 아래의
땅들을, 사람들을, 슬픔을, 기쁨을, 통곡을,
가슴 아픔을….

모퉁이 커피숍의 빵 굽는 냄새

제임스 조이스, 『더블린 사람들』

■

그 길, 아름다운 뒷길을 2년간 걸어 다녔다. 시청 앞 전철에서 내려, 성공회 뒷길을 지나 조선일보 건물을 보며 내려가면, 바로 길가 모퉁이에 H 커피숍이 있었다. 짧은 길인데도 길게 느껴지는 소박한 길. 언제 걸어도 아름다워서 마음이 아련했다. 그런 뒷길을 아침마다 걷는다는 것은 행복한 일이다.

모퉁이 커피숍에서는 아침에 토스터기 옆에 식빵과 잼을 마련해 두고 누구든 마음대로 먹게 했는데, 주변에 직장인들이 아침을 잘 못 먹고 오는 걸 생각해서 낸 아이디어 같았다. 나는 무엇보다도 빵 굽는 냄새가 커피숍 안에 안개처럼 퍼져 있는 게 좋았다. 입으로 물뿌리개를 할 때 느껴지는 빨래의 습습함, 포근한 물 향기가 공기 안에

잉크처럼 스며들어 있었다. 나는 공부 시간보다 일부러 30분 일찍 와서 거길 들렀다. 식빵 하나를 토스터기에 올려놓고 커피를 주문하러 스탠드에 설 때마다, 발레리나라도 된 듯 발뒤꿈치를 들었다. 우리 집 막내가 어릴 때 자기는 첫 키스를 춘천에 가서 꼭 뒷발을 들고 하겠다고 일기장에 썼던 생각이 떠올라 미소를 짓기도 했다. 가끔 누군가 와서 동료를 위해 몇 개씩 토스트를 해 가는 모습을 보면, 그들이 일하는 직장에 가서 앉아 보고 싶었다. 그들은 모를 것이다. 열심히 일하는 모습이 얼마나 당당한 아름다움인지를…. 싱싱한 '젊음'이 거기에 있었다. 나도 곁에 앉아 커피 한 잔과 토스트 된 식빵을 먹었고, 그 간단한 아침은 나에게 새로운 삶의 시간을 건네주었다.

나는, 그때, 행복했다. 발걸음이 가볍다 못해 날아갈 지경이었다. 통통 튀었다. 걷는 걸음마다 생명력이 넘치는 음악이 튕겨져 나왔다. 나는 웃음을 가득 담고 아침의 공기를 온몸으로 느끼며 걸었다. 나는 학생이다. 영어를 배우는 학생이다. 그게 뭐라고, 그렇게 좋을 줄 몰랐다. 그때 한 과목을 같이 듣겠다며 등록한 큰아들과 몇 번을 같이 다녔다. 그 길을 함께 걸었다. 그 동행자가 어느 날 나를 쳐다보며 말했다. 엄마가 이렇게 행복한 모습을 본

적이 없어, 라며 신기해했다. 그렇게 보여? 아, 그렇게 보이는구나. 내가 그렇구나.

길 위에는 앞으로 누군가가 쓸 '서울 사람들'의 사람들이 걸어가고 있었다. 더블린에 제임스 조이스의 『더블린 사람들』의 사람들이 있듯이…. 왠지 그 이른 아침을 걸어가는 사람들에게서 외롭고 권태로운 기운이 물씬 느껴졌다. 그럼에도 살아내야 하는 삶의 그림자들이 대도시의 대형빌딩의 긴 그림자 뒤에 숨었다가, 내 발걸음에 맞추어 하나씩 뒤로 물러났다.

영국문화원은 광화문의 '망치를 든 사람'이 있는 건물에 있었는데, 배낭가방을 등에 매고 문화원까지 가는 길에는 멋진 건물들이 많았다. 나는 앞의 대로로 걷지 않고 뒷길을 걸어 다녔다. 담배를 피느라 서성이던 사람들. 그 모습은 지금까지 마음에 남은 한 컷이다. 담배 냄새가 흠뻑 배어 있는 길가라니…. 냄새 안에 욕망이 가득했다. 매일을 버텨내는 직장인들의 가쁜 숨소리, 잠시 숨을 고르는 뒷길의 담배 냄새가 희미한 연민을 불러냈다.

그 문화원을 2년간 다녔다. 영국에서 살다온 친구가 추천을 했는데, 미국식 발음만 듣다가 영국식 발음을 들으니 제법 재미났다. 시험을 보고 들어간 반이라 더 열심히 다녔는데, 짝을 지어 공부하는 게 많아서 젊은 학생들에게 늘 미안했다. 아무래도 나이가 있어 실력도 부족하고 순발력도 떨어져 늘 한 발자국 뒤였다. 다행이랄까 모자란 영어지만 재미있고 기발한 말을 많이 해서, 분위기 메이커로 그럭저럭 넘어갔다. 그 촌중에 반 친구들을 잔뜩 사귀어 일주일에 나흘은 마냥 바빴다. 재미있게 친구로 지내는 데에는 연령이나 국적은 아무 상관이 없었다. 한국, 오만, 프랑스, 남자, 여자, 선배, 후배 모두가 친구가 되었다. 우리는 안 되는 영어로 신나게 떠들고, 동대문 시장에 가서 문화체험도 시켜주고, 영어 선생들을 안주로 맥주도 한 잔씩 했다.

갑작스레 어머니를 잃은 텅 빈 가슴에 언어가 대신 들어앉았다. 언어는 나의 즐거움이자 마음의 수행 방식이다. 힘들고 흔들릴 때마다 단어를 외웠다. 그 단순한 암기가 수행을 쌓게 한다는 게 이상했지만, 실제로 그랬다. 새로운 공부가 새로운 세계를 열어주었다. 영국식 발음을 하는 선생님도 아일랜드식 발음을 하는 더블린에 살았다는 여선생님도 모두 신기한 세계의 존재들이었다. 나는 '샐리'란 이름을 달았는데, 가끔 너의 해리는 어디에 있느냐는 농담을 받기도 했다. 나는 더블린에서 살았다는 여

선생님을 좋아해서 잘 지냈다. 순하고 순수한 선생님이셨다. 아일랜드식 영어가 알아듣기 힘들다는 점만 빼고.

더블린! 제임스 조이스의 나라. 나는 울렁거리는 가슴을 진정시키고 독서클럽에 영국을 가자고 졸라댔다. 영국을 안 가봐서 모르니 공부하는 데 지장이 많다며…. 나의 꼬드김에 모른 척 넘어가 준 친구들과 영국 일주를 시작했다. 사실 안 가봐서 공부시간에 답답한 적도 많았다. 잘난 척은 해도 거짓말은 안 하는 게 나의 철칙이다. 나는 거짓말 하는 걸 제일 싫어한다. 거짓말 하는 사람과는 절연한다.

드디어, 나는 간다. 더블린으로. 더블린은 역사적인 이미지와는 달리 흥겨웠다. 도착 전날에 저항의 총격사건이 있어서 좀 불안하기도 했지만, 우리는 제임스 조이스의 율리시즈도, 젊은 예술가도, 더블린 사람들과 한 푼짜리 시들도 만나봐야 한다는 생각으로 가득 차 있었다. 여행 전에 읽은 『더블린 사람들』을 머리에 넣은 채 더블린을 바라보았다. 더블린에서의 삶을 사실적으로 묘사한 15편의 단편소설들이 어딘가에서 나를 보는 것만 같았다. 사실 그다지 재미가 있는 책은 아니었지만, 더블린과 더블린 사람들 이야기라 읽긴 했다. 영국의 작가들은 특히 중하위층의 사람들에 대해 관심이 많은 것 같다. 조지 오웰의 『엽란을 날려라』에서도 이 계층에 대해 아주 디테일하게 묘사와 비판을 하고 있다. 왜 이렇게 중하위층에 대해 세밀하게 언급하는 걸까. 또 궁금해지기 시작한다. 영국을 잘 얘기해줄 수 있는 핫라인을 연결했다.

나는 더블린에서 세속의 때가 묻지 않은 순수한 느낌을 받았다고 하면서 그녀의 견해를 물었다.

"우리와 비슷한 정서가 느껴지죠. 아일랜드 민요가 전라도의 아리랑과 퍽 비슷하고요. 무엇보다 마음이 편해요. 영국 사람들에게서 느껴지는 '내려다보는 시선'이 그들에게는 없어요. 방문객들을 동일한 선상에서 배려하는 시선으로 대하니, 쉽게 동화되죠. 하지만 잉글랜드에서는 뭔지 모르게 방문객들이 위축되거든요. 아무리 오래 살아도…. 그들의 얼굴을 보면 밝지는 않은 편이라, 애잔한 기분이 들게 해요. 아일랜드 남부에 갔는데, 온 도시 전체가 음악이었어요. 길 전체에 온갖 악기가 다 나와 버스킹 같은 걸 하는 게 인상적이었어요."

아일랜드 이야기를 실컷 했다. 그 먼 나라 이야기를 옆집 이야기처럼. 아줌마들의 특급 화술이 여기서도 발휘

된다.

여행 중 나는 아이리시 커피에 떨어뜨린 럼주 두 방울 덕에 일어나지 못해, 저녁을 굶었다. 오랜 뒤에 TV에서 이상한 영어 발음이 들려서 보니 아일랜드식 영어였다. 겨우 석 달 공부했는데, 발음의 차이가 귀에 들어오다니. 문득 더블린에서 온 여선생님이 그리웠다.

이제, 나에게 더블린은 제법 많은 이야기들이 있는 도시이다. 제임스 조이스의 안경 너머의 두 눈이 나를 쳐다보며 싱긋 웃는다.

어때, 더블린?

그리고 또?

롤랑 바르트는 이제는 무엇을 쓸까, 라는 물음에 “자신의 욕망으로써 글을 쓴다. 그리고 나는 그것을 지속적으로 욕망한다.”라고 『롤랑바르트가 쓴 롤랑 바르트』에서 스스로 답했다.

나는 이제는 무엇을 쓸까, 하는 물음에 “살아 있음으로, 나는 쓴다. 두려움 없이, 아낌 없이, 자유롭게.”라고 스스로 답했다.

다만 이제는 무엇을 쓸까, 묻지 않는다. 언제나 어디서나 무조건 쓴다. 내 마음에 떠오르는 세상의 모든 것들을. 글에 대한 내 안의 욕망은 아직 진행 중이다. 이야기와 글은 결국, 다시 시작된다.

뒷이야기가 더 궁금하다

최기환 · 이경은, 『그림자도 이야기를 한다』

▮

"선배님! 『그림자도 이야기를 한다』 포토에세이 북 콘서트 꼭 해야 돼요. 이 사진은 어디서 찍었고, 그때 상황이 어땠는지, 사진에서 무엇을 보았기에 이런 글을 쓰게 된 건지 아주 궁금해요. 특히 두 분이 공동 작업하면서 어땠는지 등등. 책에 나오지 않는 이야기를 들려주세요. 꼭이요."

이야기는, 글은 늘 이렇게 작은 것에서부터 시작된다. 후배의 말에 북 콘서트를 열어볼까 하다가, 곁에서 일 벌리지 말자고 해서 결국 글 한 편으로 대신하기로 했다. 글을 어떻게 쓰게 되었냐는 질문을 받을 때가 있는데, 바로 이렇게 시작된다. 소소한 생각과 느낌, 작은 감동에서 출발하는 것이다. 나는 기독교인은 아니지만, 성경에 나오는 '시작은 미약하지만, 그 끝은 창대하리'라는 구절을 좋아하고 굳게 믿으며 산다.

롤랑 바르트Roland Barthes. 입 속에서 굴리기만 해도 지적이고 근사하게 들리는 이름이다. 늘 새로운 것을 찾아 지적 모험을 떠났던 그가 생을 마감하기 전에 내놓았던 마지막 작품이자, 사진을 하는 사람들이 통과의례처럼 읽는다는 그의 책 『밝은 방camera lucida-사진에 관한 노트』. 책을 안 본 사람도 스투디움studium과 푼크툼punctum은 한번은 들어봤을 바로 그 말이다. 사실 나는 처음에 이 개념이 머리에 잘 안 들어왔다. 어렵게만 느껴졌다. 이번에도 책을 다시 읽었지만 번역의 탓인지 작가가 어렵게 쓴 건지 역시 애매했다. 결국 나름대로 쉽게 언어를 풀이해 볼 수밖에….

스투디움은 '공부와 연구, 헌신' 같은 뜻을 의미하는 라틴어이다. 한 마디로 작가가 의도한 바를 관객이 작가와 동일하게 느끼는 것을 말한다. 작가가 한 것을 그대로 연구하는 느낌이랄까. 롤랑 바르트는 연구가 아니라 어떤 것에 대한 '집념', 누군가에 대한 '애정'이라고 했지만….

푼크툼은 한 마디로 '찌름'이다. 아, 찌름! 저 말은 단번에 알아듣겠다. 라틴어의 'punctionem'에서 나온 말로 똑같은 작품을 봐도 자신의 경험에 비추어 매우 개인적으로 작품을 받아들이는, 자기만의 모든 감정의 집약체인 찌름이다. 한 장의 사진을 보다가 무언가에 꽂히는, 그래서 자기 안에서 강한 인상이나 감정이 훅 올라오는 것이라고 할까. 오로지 자기만의 것! 하지만 찌름은 역으로 찔리기도 하는 매력을 품고 있다. 찌름과 찔림은 하나의 공동체적인 언어이다.

집념과 애정, 찌름과 찔림. 사진작가는 애정을 가지고 세상의 모든 사물을 바라보았으며, 약간의 집념 어린 마음으로 쉼 없이 사진을 찍었다. 작가인 나는 뭔가 마음에 말을 걸어와야만 그 사진을 선택할 수 있었다. 말하자면 찔림이다. 아마도 찌름은 내가 쓴 글들이지 싶다. 주제라고나 할까. 그런데 이건 롤랑 바르트에 끼워 맞춰본 것이고, 사실 두 사람은 그저 무심한 상태로 사진을 찍고 글을 썼다. 어떤 의식 없이 했는데, 하다 보니 의식이 생겼다고나 할까.

사진이, 말을, 걸어왔다. 지난 10년 간 찍은 만 오천 장의 사진 중에서 240장을 골랐다. 우선 눈에 띄거나 괜찮아 보이는 것이 선택되었다. 그런데 파워포인트에 앉혀

보니 사진들이 어설픈 게 많았다. 뭔가 이야깃거리가 있을 것 같아 선택했는데, 텅 비어 있었다. 미련 없이 버렸다. 처음에 볼 때 좋았던 사진들을 쓰레기처럼 버리게 될 줄 몰랐다. 도무지 믿을 수 없는 게 사람 마음이다. 사람 관계도 그렇게 될까 두려웠다. 할 수 없이 다시 사진들을 들여다보길 네다섯 차례 했다. 거의 7만여 장의 사진을 들여다본 셈이다. 눈이 아파왔다. 그런데 이상하게 "이제 그만 봐야지. 없다, 없어." 하면 꼭 어디선가 나타나 포기할 수가 없었다. 손톱 밑까지 다 헤집어야 했다. 인쇄 들어가기 전 마지막 순간까지 사진을 고르고 바꾸었다. 결국 좋은 원고 몇 개를 포기해야 했고, 단 두세 줄로 줄이기도 했다. 나는 그런 사진들은 자기의 몸에 많은 글을 얹히고 싶지 않았을 거라고 마음 편히 생각해버렸다. 아니 사진만으로 자기의 존재를 나타내고 싶었을지도. 사진을 존중해주었다. 살아있는 존재로.

사진은 그 언어 안에 '여행'을 담고 있다. 짧은 여행이든 긴 여행이든 떠나야 보인다. 있는 곳을 떠나 어디론가 향한다는 것은 마음이 움직인다는 또 다른 말이다. 마음이 움직이면 내 안의 세상이 변하고, 내 밖의 세상으로 넘어간다. 때로 순간이지만 내 밖의 세상 너머로 건너가

기도 한다. 그건 드물다. 그분이 오셔야 하니까.

제일 좋아하는 사진이 뭐냐고 사람들이 묻는다. 나는 〈새는 열 시 삼십 분이면 온다〉라고 대답한다. 친구를 잃어버릴까 봐 하루에 두 번은 맞아, 라며 굳건한 믿음으로 새를 기다리는 망가진 시계의 마음을 그리고 싶었다. 미치도록 절절한데도 지극히 담담한 그 하염없는 마음. 제주도의 부서진 건물 안에 높이 걸려 있던 시계 주위를 날아다니는 새를 보자 그런 생각이 떠올랐다. 새와 망가진 시계의 깊은 사랑은 어떤 마음일까.

재미의 최고봉으로는 〈나무와 분홍 가방은 아무 관계가 없습니다〉이다. 올레길에서 그 분홍가방을 보자마자 라디오 드라마 작가로서의 감각이 몸 안에서 꿈틀댔다. 아직 살아 있었다. 단숨에 썼다. 바람난 춘정이 그 가방 안에서 사향처럼 냄새를 풍기고 있었다. 바람 난 여자를 그리고 싶었다. 붙잡는 자식에게 옷고름을 뎅강 잘라주고 떠나는 바람난 여자여야 한다. 남자는 순정 때문에 미치는 존재는 아니라고, 나는 생각한다. 그래서 어울리지 않는다. 결국 그 모든 소문은 미친바람에게 떠맡겼지만, 그런 격정적인 열정을, 나는 보고 싶었다.

〈집으로 오는 먼 길〉의 개에게 그랑프리 메달을 걸어

주고 싶다. 어찌 그리도 순하게 잘 있는지. 그 개를 보는데, 주인 집 형하고 공을 차며 놀던 어린 강아지가 연상되었다. 미국에서 돌아오지 않는 아들을 기다리다 낮잠에 든 쓸쓸한 주인아주머니와 집 대문을 지키는 개의 '기다림'은 그야말로 영화의 한 장면이다. 그 기다림을 순하게 쓰고 싶었다. 두 눈동자 안에 추억과 그리움, 보이지 않는 슬픔을 가득 넣어서….

사진작가가 추천한 글은 〈목련 옆에 시간이 턱을 괴고〉인데, 사실 이 글은 1년 전 제일 먼저 쓴 글이다. 목련이 화려하고 탐스럽게 피어 있지만, 언젠간 지리라는 걸 한쪽 구석에 꽃으로 가려진 시계가 온몸으로 표현한다. 허무한 인생, 일장춘몽의 덧없음, 그럼에도 시간은 흘러간다는 걸 저 평범한 시계는 묵묵히 말하고 있다. 우리를 맞이하는 마지막 순간까지 매 순간을 뜨겁게 살 것이라는 인간의 의지를 저 시곗바늘이 가리킨다. 이 사진은 '시계'가 없으면 아무 의미가 없다. 그저 평범한 하나의 목련꽃 사진일 뿐이다. 나는 시계가 있는 그 사진을 보는 순간, 바로 글을 썼다. 이 포토에세이가 나아가야 할 방향과 자신감을 불어넣어준 작품이다.

사진은 살아 있는 존재만이 아니라 이렇게 사라진 존

재도 찾아낸다. 그 사라진 존재의 그림자를 찾아내는 일은 꽤 괜찮았다. 그 느낌들을 행간에 집어넣자 저 깊은 속에 가라앉았던 추억들이 머리를 들고 나왔다. 과거가 담긴 사진은 순식간에 나를 과거로 데려다주었다.

이 책을 내기 전에 마지막으로 열흘간의 제주도 여행을 떠났었다. 전날 찍은 사진 중에서 몇 개를 골라놓고, 그다음 날 카페에 들어가서 아침마다 두세 시간씩 썼다. 글을 쓰다가 잠시 쉬느라 쳐다봤던 그 창들. 창은 생각을 펼치기도 하고 모아주기도, 숨을 쉬게도 하고 마음을 멀리 데리고 가기도 했다. 가끔 창밖의 세상이 창 안의 세상으로 들어와 악수를 하며 웃어주었다. 창은 길이다.

포토에세이『그림자도 이야기를 한다』는 지난 10년간 그가 찍은 사진들에게 생명을 주고자 시작한 책이다. 우리 부부는 아무 말 없이 찍힘의 대상이 되어주었던 천지만물들에게 늘 감사하며 다녔다. 때로 못 보고 지나쳐가면 돌부리에라도 걸리게 해서라도 그 멋진 장면들을 보게 해준, 자연의 사랑과 배려 앞에 다소곳이 무릎을 꿇고 기도했다.

행복이 있는 집을

꿈꾸는 동안은

집, 행복.

당신은 어떤 집에서 쉬고 싶으세요?

홍시야, 『그곳에 집을 짓다』

■

그녀, 홍시야는 매일 집을 짓는다. 도화지라는 하얀 공간 위에 집들이 아름다운 풍경으로 얹힌다. 그녀가 뒤돌아보며 묻는다. 당신은 어떤 집에서 쉬고 싶으세요?

나는 어떤 집이 좋을까 생각한다. 드로잉 에세이집 『그곳에 집을 짓다』를 다시 찬찬히 들여다본다. 그녀가 짓는 집들에는 약간의 환상과 몽롱함이 깃들어 있다. 환상적이란 건 이해가 되는데 몽롱함이라니…. 집은 구체적인 대상이고 보이는 물物인데, 그 말을 써도 될까. 논리적으로 딱 들어맞지는 않지만, 그림을 한참 들여다보면 절로 입에서 나온다. 몽롱한 집은 온몸을 나른하게 만든다. 그래서 눕고 싶고, 몽상에 빠지게 한다. 그런 집도 하나 있으면 좋지 뭘, 하는 생각을 하며 고른다. 파란 집, 붉은 집, 초록색 지붕, 긴 나무들, 작은 나무들, 배, 꽃들…. 형형색색의 집들이지만 단순한 드로잉의 선들이 마음을 단순하게 만든다. 역시 단순한 디자인이 좋다. 집이 복잡하면 편히 쉴 수가 없을 것 같다. 나는 블루와 그린 계통을 골랐다. 마음이 포근해진다. 나만의 집을 그려보겠다고 그녀를 흉내내었지만 엉망이 되었다. 간단해 보이는 한두 선線의 펼침에도 내공이 있어야 한다. 잠시 잊었다.

고등학교 때에 미대 간다고 그림 그렸던 것만 믿고 덤볐지만, 오래도록 멈추었던 손은 아무것도 해내지 못했다. 나 자신에 대한 심한 착각에 낯이 뜨거웠다. 고3 때 아버지는 미대에 가서 여자애들이 담배를 피거나 히피처럼 해가지고 다니는 꼴을 못 보겠다며, 2년간 준비한 미대를 포기하게 했다. 아버지의 몇 마디로 나의 예술적 인생 진로는 순식간에 바뀌었고, 눈에 띄지 않는 평범한 학과로 결정지어졌다.

그때 나는 정말 몰랐다. 아무리 부모라도 자식에게 그럴 권리가 없다는 것을…. 사람은 자기의 삶을 선택할 자유와 권리를 갖고 태어났으며, 선택은 각자 해야 한다. 만약 알았더라면 나는 주저 없이, 깨부수고라도 미대를 갔을 것이다. 2년간 준비한 시간을 헛되이 하지는 않았을 것이다. 단 한 번이라도 미술실기시험을 봤더라면, 마음이 그렇진 않았을 텐데.

나는 그 이후로 그림을 그리지 않았다. 못다한 한을 풀려면 동호회라도 들어가서 그려야 할 판인데, 뒤도 돌아보지 않았다. 원래 성격이 좀 못됐다. 한번 틀어지거나 자존심이 긁히면 아무리 좋았어도 차갑게 돌아선다. 치사한 생각이 나를 어디에도 못 가게 만든다. 내 생각이 얕았다. 진짜로 그림 그리기를 좋아한다면, 그런 생각 없이 무조건 달려들어 그려야 했다. 앞뒤 가리지 않고 무조건. 나는 감정의 조건들 앞에서 선택의 카드를 쓰레기통에 버렸다. 한 마디로 그림은 내 갈 길이 아니었던 모양이다. 그림을 좋아해서 감상도 많이 하고, 잠시 미술관 관장도 했지만 그리는 것보다야 못하다. 그래도 그림 주변에서 서성대며 그림을 읽고, 만지작거리고, 감동하는 것도 더러 흐뭇할 때도 많다.

그녀, 홍시야는 매일 다른 형형색색의 집들이 지어지는 풍경을 본다.

슈베르트는 평생 집 없이 여기저기 친구 집을 떠돌았고, 니체는 저 먼 스위스 실스마리아의 빌린 집에서 『짜라투스트라는 이렇게 말했다』를 구상했다. 고흐는 집은 커녕 방 한 칸을 얻기도 어려운 상황에서도 오베르 슈르 와즈에서 마지막 비명처럼 아름다운 작품들을 그려냈다.

나는 결혼 전에는 부모 아래에서 사느라 집에 대한 소유개념이 없었다. 여기저기에 살다가 마지막에 도스토예프스키의 『지하 생활자의 수기』가 떠오르는 곳까지 내려갔다. 그 집에서 함을 받았고, 결혼을 했다. 내 일생을 결정하는 데 집은 아무런 영향을 미치지 못했다. 서로의 마음이 더 강했던 시간들이 있었다. 그건 집을 짓는 것보다 아름다운 일이다.

어떤 집에서 쉬고 싶으냐고? 오늘의 나는 이런 생각을 한다. 쇼팽의 발라드 1번과 같은 집! 4번처럼 복잡한 감정이 느껴지는 어려운 곡이 아니라, 사람들에게 가장 인기가 있는 드라마틱한 곡이 흐르는 집. 부드러운 춤곡 같기도 하고, 아름답고 슬프지만 순수한 그런 느낌이 드는 집이다. 이 곡은 맨 마지막에 가장 드라마틱한 부분을 남겨두고 있다. 한 번에 몰아쳐서 연주하는 매우 극적인 연출이라고 할까. 나는 그 마지막에서 언제나 몸이 떨린다. 내 안의 모든 내면의 감정들이 솟구치고 흔들린다. 음악이 절정을 향해 달린다. 피아니스트 조성진은 그걸 '외로운 속울음'이라고 표현했다. 연주자만이 느낄 수 있는 표현이다. 다른 말로는 '감동'이며, 글을 쓰는 작가에게는 '내면의 소리'이다. 그런 절정이 숨겨져 있는 집이란 매력으로 넘칠 것만 같다.

남은 시간을 이런 집에서 보내고 싶다. 베토벤과 모차르트, 하이든이 많은 소나타 곡을 작곡했을 때, 당시에는 흔하지 않던 이 '발라드 형식'을 썼던 쇼팽의 위대하고 독특한 구성처럼, 내 삶도 그랬으면 좋겠다.

독특하고 드라마틱하면서도 아름다운. 그 안에 슬픔도 한 방울 떨어져 있고…. 쇼팽의 1번 발라드가 황홀하게 연주되는 그런 집에 살고 싶다.

늘 허기졌다
인식의 배고픔에 허덕였다
'인식' 따위가 뭐라고
밥알 한 알갱이보다
나을 것도 소중할 것도 없는데
찾고 또 찾아다녔다
너무 많이 돌아다녀서
배가 고팠다

삼켜진 영혼들

헤르타 뮐러, 『숨그네』

■

숨그네. 인간의 목숨이 삶과 죽음 사이를 그네처럼 오가는 상황을 뜻하는 말로, 헤르타 뮐러가 소설 『숨그네』 속에서 만든 조어造語이다. 이런 그네는 너무 무섭다. 아이들이 놀이터에서 타는 그네도 나는 무서워서 못 타는데. 하지만 소설 속 수용소에서 초록색 털장갑을 풀어 크리스마스 트리를 만든 오스카 파스티오르의 이야기는 슬프다 못해 진저리치게 무서웠지만, 따스했다. 어떤 상황에서도 인간임을, 인간은 삶을 지켜내고, 결국 살아낸다는 걸 보여준다.

나는 방송극본을 쓸 때 지문에 '삼킨다'는 말을 많이 썼다. 마음속의 말을 다 하지 못하는 상황이나 말을 하지 말아야 할 때, 혹은 주변의 분위기가 말할 때가 아닌 순간에…. 이 언어의 특징은 소리는 없지만 '감정이 가득 들어 있다'는 것이다. 그 감정을 그대로 제 몸 안에 갖고 있다. 내가 그 말을 많이 쓴 것은 어쩌면 극본 속의 주인공보다 작가인 내가 삼켜야 하는 말이 많아서였는지도 모른다. 뭔가 과하다는 것은 결국 자기 자신의 보이지 않는 문제들과 연결되어 있다. 훗날 뒤돌아보면 늘 그랬다.

헤르타 뮐러의 '삼키다'는 무서운 침묵과 이어져 있다. 강제수용소에서 5년간 살아야 했던 그 시절에 대해 함구한 채 술 마시는 아버지, 침묵이 담긴 말로 언어를 축약하는 어머니. 그 사이에 흐르는 침묵은 말과 동일한 기능을 했고, 말보다 더 큰 힘을 가졌다지만, 결국 그녀는 '침묵 뒤로 숨은 말'을 찾으러 나선다. 그녀는 작가이다. 세상이 모두 가면을 쓰거나 안대를 해도, 결코 작가의 두 눈을 가릴 수는 없다.

사람들이 이 세상에 내놓지 못하고 삼켜버린 숨은 말은 도처에 있지만, 쉽게 나오지 않는다. 모든 것이 종료된 상황에서도 끝내 내뱉지 못한다. 숨그네의 두려움은 가슴 깊이 낙인되었다. 단지 루마니아에 거주하던 독일인이라는 이유로, 그 자리에 있었다는 이유로 강제수용소에 전쟁포로처럼 끌려간다면, 누가 두렵지 않고 무얼 쉬이 말할 수 있을까. 아마 나도 말하는 것보다는 말을 삼켰을 것 같다.

그런 상황 속에서 숨은 말을 찾아 결국 한 권의 책으로 내놓은 것만으로도 그녀는 상 받을 만하다. '박탈당한 삶의 풍경'을 그려냈다는 게 한림원이 밝힌 선정 이유였지만, 나는 '삼키다'가 상을 주었다고 생각한다. 큰 각혈 덩어리 같은, 먹을 수도 뱉을 수도 없는 '숨겨진 말'들이 목을 타고 넘어간다. 채 씹을 사이도 없이 꿀꺽대며 삼켜야 한다. 그 목이 얼마나 힘들고 아팠을까.

내게도 삼켜야 했던 말들이 넘치는 시간이 있었다. 나는 과거시제로 쓴다. 그렇게 쓰고 싶다. 현재까지 그 말을 이어대고 싶지는 않다. 목으로 한번 넘어간 걸 다시 올리는 게 힘든 게 아니라, 삼켜버린 말들이 제 스스로 나오지 못하거나 나오지 않으려는 무언의 경고가 있다. 그들은 침묵하려고 한다. 아직은.

보통 '삼킨다'는 말은 '뱉는다'는 말과 짝지이다. '달면 삼키고 쓰면 뱉는다'는 말도 있지 않은가. 언어의 균형이 삶의 균형을 이룬다. 몸 안에 숨은 언어들이 더 이상 숨을 데가 없어지면, 막을 수 없이 강렬한 힘으로 터져 나올지도 모른다. 하긴 사람인데 언제까지 삼키기만 할 것인가. 내 안에서도 언젠가는 부글거리다가 마침내 삼켰던 목으로 다시 올리겠지. 결국은.

허기진, 그토록 허기진 영혼이라니. 그렇게 많은 걸 삼키고도 나는 늘 허기졌다. 채워지지 않는 그 허기가 '삼킴'을 넘어섰다. 매일 아침 허기진 삶의 보따리를 풀며, 나는 허기진 내 영혼의 아침을 시작했다. 바닥이 보이는 내 우물에 얼른 물을 채워 넣고 싶은 생각만 간절했다. 강하고 격렬한 '인식'에 대한 허기…. 배를 곯기 싫었다. 깨닫고 알아내야 한다는 생각이 내 온 마음과 몸을 지배했으며, 무엇 하나도 놓치기 싫었다. 세상의 책들에 매달렸고, 알려달라고 애원했다. 그러나 인식의 세계는 까다로웠고, 검소하다 못해 인색했다.

왜 그랬냐고 묻지 마시길. 나도 모른다. 지나고 보면 별 거 아니지만, 그땐 그게 절체절명의 인생과제였다. 내어주지도 않은 숙제를 혼자 끙끙대며 푸느라 늘 어깨가 아팠다. 다만 분명한 것은 그런 시간들 끝에 지금의 내가 서 있다는 사실뿐이다. 오랜 뒤에야 눈치 챘다. 무지하게 마구 집어넣은 '삼킴'은 나의 내장 안에서 녹아내려 서로 섞이고 있었고, 그 녹아내림의 새로운 형체들은 세상 밖으로 나갈 채비를 스스로 했다. 나는 그들을 끌어올려 원고지 칸마다 조심스레 색칠해나갔다. 그 좁은 공간이 나의 영혼의 자리였다. 때때로 초심자의 어설픔이나 어리숙한 손은 원고지를 넘어가기도 하고, 네모난 원고지 칸을 밟기도 했지만, 그만두지는 않았다. 하고 싶은 게 그것밖에 없었다. 절실하게, 매우 절실하게. 글이 그렇게 써지기 시작했다. 입으로 삼킨 말이 손으로 쓰는 글이 되는 마법을 두 눈으로 지켜보았다.

'삼킴과 허기짐' 사이에 어떤 연결고리나 상관관계는 없다. 이건 오롯이 나에게만 해당되는 이야기이다. 사람은 타인들을 모른다. 그 내면의 소리를 제대로 듣기란 더 어렵다. 그래서 나는 다른 이들의 책을 읽는다.

살아 있는 모든 것은 거룩하다.

살아서,
사는 세상으로 건너온
모든 살아 있는 것들을 축하한다.

우리가 사는 세상의 이름은
'삶'.

살아서 건너오는, 글

아니 에르노. 『빈 옷장』 『단순한 열정』 『부끄러움』

■

칼에 손가락을 베인 사람을 보면, 마치 내 손가락이 욱신거리듯이 그녀의 소설 『빈 옷장』이 '감각'으로 느껴진다고 번역가인 신유진은 표현한다. 서술이 하도 날것처럼 생생해서 약력을 보니 산문집을 네 권이나 냈다.

> 살아낸 글, 살아서 건너오는 글, 그것이 바로 아니 에르노의 문학이 가진 힘일 것이다.
>
> -아니 에르노, 『빈 옷장』, 신유진 옮김, 1984books, 235쪽.

그러면서 독자들에게 눈앞의 빈 옷장 앞을 배회하다가 '당신이 꺼낼, 당신만의 이야기'로 아니 에르노의 작품을 함께 완역하자는 멋진 마무리를 한다.

아니 에르노 내면의 수치심에 대해 이재룡 문학평론가는 이렇게 정갈한 평을 내놓았다.

> 아비투스habitus! 설령 빈곤에서 벗어나도 부모의 몸에 밴 습관이나 가치관을 나에게서 떨쳐버릴 수 없다. 내가 다른 문화 사회로 들어간다 해도.
>
> -아니 에르노, 『단순한 열정』, 최정수 옮김, 문학동네, 75쪽.

신분상승과 더불어 취미, 의상, 입맛 등은 바뀔 수 있지만, 음악에 대한 감수성은 좀처럼 바뀌기 어렵다며, 아니 에르노가 정신적으로 추종했던 피에르 부르디외의 견해를 끄집어낸다. 문화 소외계층이 도무지 진입하기가 어려운 영역이 '음악'이라는….

나는 작품에 대한 평을 즐겨 읽는 편은 아니다. 번역가의 후기나 해설도 대개 스쳐 지나간다. 한 작가의 작품은 '오롯이 내가' 느낀다. 생각이 모자라든 넘치든 내가 생각하고 느낀 것만, 작가에게서 가지고 간다는 성깔 있는 독자다. 독자적일 수도 있고 오만할 수도 있으나, 누구의 생각을 내 입을 빌려 마치 내 이야기처럼 하고 싶지 않기 때문이다. 이건 다만 '자존심'에 관한 일일 뿐이다.

문학 창작은 작가가 자신의 세계를 홀로 일구며, 고통 속에서 캐낸 문학이다. 따라서 독자도 자기 힘으로 스스로 책을 창작하듯이, 글 가운데에서 작가가 말한 것을 캐내고 느껴야 한다는 생각이 강할 뿐이다. 그런 태도로 책을 읽어왔다. 오늘 아침까지는. 그런데 해설과 옮긴이의 말에 놀랐다. 아니 정확히는 그들이 구사한 놀라운 표현에. 숨겨진 변방의 고수들 때문에 요즘 신나기도 하고 두렵기도 했는데, 그 위에 두 분이 덜컥 덧붙여졌다. 아니 에르노한테 놀란 가슴이 채 진정도 안 됐는데 말이다. 그녀가 대단하니 평도 해설도 따라서 대단해지나 싶다.

'살아낸 글'은 이해가 간다. 살아내서 쓴 글들은 제법 봤다. 작가들은 고통 속에서 탄생되니까. 스타는 태어나지만, 작가는 살아낸 이야기를 쓰면서 다시 태어난다. 아니 다시 태어나기 위해 쓴다.

살아서, 건너오는, 글.

이 글귀를 보자마자 생각이 많아진다. 저 '건너오는'이란 말이 마음에 걸린다. 어디에서 어디로 건너온다는 걸까. 무엇을 건너서 온다는 걸까. 두 손에 무언가를 들고서, 두 눈 안에 무언가를 담고서. 다만 다행인 것은 '건너가다'가 아니라는 점이다. 이 말은 대개 부정적인 암시가 들어있다. 저 세상으로 건너가버린, 나쁜 세계로 건너가버린, 마음이 건너가버린…. 반면 '건너오다'는 긍정적이다. 이편으로, 내 쪽으로 온다. 글이 건너온다. 그런 걸 보거나 느낀 적이라도 있었나.

며칠을 뒤척대다 번뜩, 느껴졌다. 아, 글이 스스로 의지를 갖고 오는 거로구나. 사람의 의지가 아니라, 글이 일시에 모두 목을 곧추세우고 일어나는 것이다. 글이 움직이기 시작한다. 작가의 두 손 안으로 들어오려고, 온 힘을 다해 바삐 건너고 있다. 강한 의지는 종내 작가의 마음을 움직일 것이고, 작가의 두 손 안에 마침내 들어올 것이다. 그리고 쓰게 할 것이다. 작가라면 절대 지나쳐서는 안 될 것들을 보게 하고, 꼭 써야 할 것을 놓치지 않고 쓰게 만들며, 세상의 일들에 대해 똑바로 쳐다볼 수 있는 진짜배기로 용감한 작가를 만들기 위해서….

글들이, 건너오고, 있다. 그들은 언제나 그랬는데, 내가 못 본 거다. 언제나 목숨을 걸고 살아서 내게 건너오려고 했는데, 내내 외면한 건 바로 '나'다.

건너오느라고 애썼어.

내가 너를 너무 늦게 봤지?

이제 함께 이야기 해보자.

내가 잘 쓸게, 놓치지 않고.

등 뒤의 숨은 말까지.

3부
추상적인, 너무나 추상적인

고심의 칼을 휘둘러야 할 순간,
드디어 숨을 몰아쉬어
단칼에 한 호흡에 내리친다.

보라고, 바로 이거야!

첫 문장과 마지막 문장의 황홀한 만남

아고타 크리스토프, 『문맹』

"나는 읽는다Je lis."

책의 첫 문장이다. 저 첫 문장의 강렬함이라니. 온몸을 쥐어짜 진액으로 탄생한 저 한마디. 상투적이고 평범한 문장은 발을 디딜 데가 없다. '읽음'으로 내가 존재한다는 메시지를 이보다 더 강하게 표현할 수 있을까. 주어와 술어만의 가장 단순한 문장형태이지만 무엇보다도 명료하다.

"한 문맹文盲의 도전Le défi d'une analphabète."

책의 마지막 문장이다. 작가인데 스스로를 문맹이라 부른다. 모국어인 헝가리어로 글을 쓰지 못하고 프랑스어로 이 책을 쓰면서 '도전'이라는 어휘를 골라서 결미를 채운다.

스위스에 살면서 프랑스어로 글을 써야 하는 아고타 크리스토프는 늘 언어 선택에 전전긍긍했을 것이다. 모국어가 아닌 남의 언어로 글을 쓰려니 사전을 손에서 놓지 못하는 불행의 통 속으로 들어갔겠지. 이런 기막힌 상황을 운명처럼 받아들여야 하는 고통을 가슴을 빼개듯 끄집어내었을지도 모른다.

그런 그녀가 처음과 마지막으로 고른 언어이다. "나는 읽는다Je lis." 나는 그녀의 손끝이 얼마나 날카로웠을지 상상하다가 그만 마음을 베이고 만다. 말은 할 줄 알아도 '읽고 쓰지 않으면' 바로 그게 문맹이라며, 어떤 상황에서도 글을 쓰겠다는 의지를, 그녀는 버리지 않는다. 나는 아고타 크리스토프의 『문맹』을 읽으며 문맹을 벗어난다.

읽고 쓰는 세상. 거기에 뭐가 있기에. 그 세상은 별 세상이다. 별들이 살아 반짝이는 존재의 세상. 그 전과 후가 다르다. 희미한 존재를 재구성하여 의미 있게 만들며, 온전히 나만의 세상으로 가는 열쇠를 준다. 드디어 '자기만의 방'을 갖는 선물을 받는다. '독자처럼 책을 읽는 것이 아니라 작가처럼 읽고, 피고석의 방관자처럼 읽으라'고 했던 버지니아 울프는 독자로 머무르지 말고 스스로 작가가 되기 위해 책을 읽고 필요한 부분을 써보라고 했다. 읽는 게 쓰는 것이다.

아코타 크리스토프는 「우리는 어떻게 작가가 되는가」라는 글에서 쓰는 것에 대한 절실함을 이렇게 표현한다.

> 무엇보다, 당연하게도, 가장 먼저 할 일은 쓰는 것이다. 그런 다음에는 쓰는 것을 계속해나가야 한다. 그것이 누구의 흥미를 끌지 못할 때조차. 그것이 영원토록 그 누구의 흥미도 끌지 못할 것이라는 기분이 들 때조차.
>
> -아고타 크리스토프, 『문맹』, 백수린 옮김, 한겨레출판, 2018, 97쪽.

이 글의 서두는 '무엇보다'라는 비교격 부사어와 '당연하게도', '가장'이라는 부사어까지 동원해 시작된다. 보통은 작가들이 이렇게까지 문장의 서두에 부사어를 남발하지는 않는다. 아니 오히려 초반부터 감정이 너무 드러날까봐 조심한다. 게다가 그 언어 사이에 쉼표를 두어 강조의 세기를 극대화하고 있다. 말을 아껴 쓰는 이 작가의 스타일로 볼 때 책의 서두에 이 세 단어를 연이어 쓴 것은 인상적이다. 얼마나 절실하기에 이렇게까지 '쓰는 것'에 몰두했을까. 나도 글을 쓰지만, 이렇게까지 죽을 만큼 절실한가에 대한 답변은 선뜻 내놓기가 쉽지 않다. 다만 학생들에게 이런 말은 귀가 닳도록 한다.

"노트북을 24시간 켜놔요. 책상에 앉자마자 노트북을 열면 바로 쓸 수 있도록. 언제든지 바로! 밤중에 화장실 다녀오다가 잠이 깨거나 일찍 눈이 떠지면, 노트북을 열고 순간 생각나는 거 한 줄이라도 써요. 안 되면 떠오르는 낱말들 몇 개라도 써놓고 다시 자요. 전기료 별로 안 나와요. 커피 한 잔 덜 마시면 되죠."

그녀의 저 서두의 세 단어는 '절실'이고, 나의 언어는 '실행'이다.

"마침내." 영화 〈헤어질 결심〉에서 탕웨이의 대사로 유명해진 말이다. 어법상 잘못 사용된 이 말은 그 말이 나오는 씬에서 묘한 감정과 상상을 불러일으킨다. 이상한 것은 '마침내'라는 말이 마치 탕웨이 자신인 것처럼 느껴진다는 사실이다. 단호하면서도 우아한….

"마침내Finally 로버트가 내게 말을 걸어왔다." 소설 『빛과 물질에 관한 이론』의 서두이다. 주인공 로버트가 '나'에게 말을 걸기 위해 그 많은 시간 동안 망설임, 두려움, 열정, 그리움, 충동 등의 감정을 응집했거나 혹은 모든 것에도 불구하고 마침내, 결정한 것이다. 말을 걸기로. 저 한마디의 존재가 무시무시하다. 얼마나 오랫동안 기다려왔던 언어의 결정체인가. 무수한 언어의 바다에서 이리저리 유영하며 숨을 참았을, 수천 번은 더 곱씹었을 세상에 단 하나만의 서두! 보라고! 바로 이거야!

이 소설의 마지막은 이렇게 끝을 맺는다. "결국은 Eventually 나는 떠나야 하리라는 것을." 처음과 끝의 저 부사어는 작가의 마음속에서 이미 결정되어 있는 단어라고 생각한다. 혹은 쓰다가 우연히 떠오른 건지 알 수는 없지만, 작가의 무의식이 결국 그 두 단어를 선택하게 했다는 근거 없는 확신이 든다. 이렇게 '마침내와 결국은'은 기막힌 대귀對句의 황홀한 만남을 이룬다.

한때 글의 서두를 잘 써보려고 유명한 수필가의 책 세 권의 '서두' 부분만 빨간 펜으로 동그라미를 쳐서 살피고 씹었다. 제발 내 속으로 들어가라고 기도했다. 그 다음에 글의 '결미'만 다시 파란 펜으로 줄을 쳐나가며 책 세 권을 천천히 삼켰다. 소화가 잘되기를 바라면서. 그리고 알아냈다.

결국은, 알게 되었다. 마침내.

나는 아니다.
나는 조지 오웰이 아니다.
미학적 열정이다.
늘 언어를 곁에 두고 산다.
나는 이만 원으로
세상에서 제일 재미있는 책을 산다.
그리고 읽는다.
언어가 손끝에 닿는 순간,
에너지가 분출된다.
나는 그와 다르다.
나는 나다.

그게 바로 정치적인 거야.
예술은 정치와 무관해야 한다는
바로 네 말이.
조지 오웰이 웃으며 담배를 한 대 핀다.

이만 원으로 책을 산다고 생각하세요?

조지 오웰, 『책 대 담배』 『나는 왜 쓰는가』

책들이 놓여 있다. 다양하고 멋지게 디자인된 책들이 나를 부르며 신호를 보낸다. 책방에서 책을 보고 있으면, 쉽게 흥분된다. 이 책을 들었다 저 책을 집었다가 한다. 집으로 다 데려가고 싶다. 책에 대한 충동적 구매는 결코 후회를 동반하지 않는다. 언젠가는 책장을 열고, 그들의 세계로 들어갈 것이므로. 갖고 있는 것만으로도 뿌듯하므로. 나는 오늘도 그들의 손길과 눈길에 선선히 잡힌다.

그렇게 가져온 책이 조지 오웰의 『책 대 담배』 이다. 책하고 담배는 어울릴 듯 안 어울리는 품목이다. 그는 이 둘을 어떤 관계로 만들었을까. 『동물농장』과 『1984』의 작가인 그의 다른 책들을 나는 거들떠보지도 않았다. 그런데 생전에 수백 편의 에세이를 발표했다면, 오히려 그는 에세이 작가가 아닌가.

무엇보다 반가웠다. 조지 오웰이 에세이를 그리도 많이 썼다는 사실이…. 인정하기는 싫지만 문학 쪽에서 에세이를 잘 쳐주지 않는 분위기라서 더러 위축되기도 했는데, 다소 어깨가 올라간다. 한 사람을 대할 때나 한 작가를 대할 때에 우리는 이미 알려진 작품이나 자신이 접해본 부분에만 집중한다. 대중의 눈은 스포트라이트가 쏟아진 자리에 익숙하다. 그래서 그늘진 자리에 배인 그의 숨결을 종종 잊는다.

사실 내가 아는 것이 세상의 모든 것이 아니고, 내가 좀 모른다고 세상을 다 모르는 것도 아니다. 다만 선입견을 갖고 대하면 전체를 놓치기 쉬우니, 남의 말이 아닌 자기의 걸음으로 걸어와 두 눈으로 보아야 한다는 것뿐이다. 작가란 일생동안 계속해서 글을 쓰는 사람이다. 오웰 역시 단지 저 두 권의 유명세로 인식되는 작가로 남고 싶지는 않았을 것이다.

오웰은 책값과 담뱃값에 대한 15년 동안의 기록 통계를 기반으로 독서가 가장 돈이 적게 드는 여가 활동이라는 주장을 내놓는다. 그러므로 사람들이 책을 읽지 않는 건 돈이 많이 들어서가 아니다. 개 경주나 영화 감상이나 좋아하는 펍에서 한잔하는 것보다 독서가 재미없어서이기 때문이다. 조지 오웰이 상상했던 멋진 펍 '물속의 달'에라면, 나도 당장 읽던 책을 내려놓고 한잔하러 갔을 것만 같다. 아니라고 장담 못한다. 나도 이 펍에는 흥미를 느낀다. 이 펍은 '타협 없는 빅토리아 양식'인데 언제나 조용하고, 바텐더들이 손님 대부분의 이름을 알고 있지만 모든 손님을 연령과 성별에 관계없이 'dear'라고 부른다. 이곳엔 라디오도 피아노도 없지만 스낵 카운터가 있다. 무엇보다 뜰이 있고, 여름날엔 가족 파티가 열린다. 그런 점에서 조지 오웰 자신이 생각할 수 있는 가장 이상적인 펍이긴 하지만, 실제로는 존재하지 않는다고 말한다. 나는 저 존재하지 않는 펍에 가보고 싶다. 누군가가 그가 묘사한 것과 똑같은 펍을 만들면 좋을 텐데….

오웰은 『나는 왜 쓰는가』에 글쓰기의 네 가지 동기를 밝혀두었다. 자기가 똑똑히 보여주고 싶거나 어렸을 적에 당한 일로 어른들에게 앙갚음하려는 온전한 이기심, 단어와 단어 사이의 올바른 배열이 주는 아름다움을 인식하려는 미학적 열정과 역사적 충동, 정치적 목적 등의 동기들이 '작가의 길'을 결정한다고 말한다. 나는 조지 오웰의 정치적 이야기에는 별로 관심이 없었다. 나의 모든 감성은 철저하게 '미학적 열정'에 닿아 있기 때문이다.

나는 언어끼리 만나서 부딪칠 때의 찰랑거림을 좋아하고, 힘이 있는 산문 문장의 아름다움과 잘 구성된 이야기가 주는 리듬의 기쁨을 온몸으로 받아들인다. 책 안의 언어들은 자기네끼리 줄을 그어 만나고, 소리를 맞추고, 강약을 조절하며 자리를 지켜낸다. 내가 안 보거나 모른 척하는 사이에 자기들끼리 연애를 한다. 언어는 그렇게 자라난다. 조지 오웰에게 가장 중요했던 일이 '정치적 글쓰기를 예술로 만드는 것'이었다고 해도, 나는 그 점에 대해서는 그가 우려한 대로 정확히 회의적이다.

하지만 그도 이런 공동의식의 발현이 자신의 마지막 인상이 되지는 않기를 바란 것 같다.

> 계속 살아 있는 한, 그리고 정신이 멀쩡한 한, 나는 계속해서 산문 형식에 애착을 가질 것이고, 이 지상을 사랑할 것이다. 구체적인 대상과 쓸모 없는 정보 조각에서 즐거움을 맛볼 것이다. (…) 모든 작가는 허영심이 많고 이기적이고 게으르며, 글쓰기 동기의 맨 밑바닥은 미스테리로 남아 있다.

-조지 오웰, 『나는 왜 쓰는가』, 이한중 옮김, 한겨레출판, 2010,

299~300쪽.

그와 나는 다르다. 달라서, 참 다행이다. 그 '다름'이 정치적인 거라면 나는 할 말이 없다.

그와 나는 비슷하다. 비슷해서, 참 다행이다. 그 '비슷함'이 바로 문학적인 거라면 나는 할 말이 많다.

어찌 걸을 셈이야
흔적이 남겨질 텐데

나는 걸었다
그들도 걸었다
우리들은 손을 잡고
현재를 지나
미래를 향해 걷기 시작했다

실험을 위한 실험정신
실험정신을 위한 실험
푸르스름한 칼날이 섬광처럼
번쩍,
위로받는 영혼들

우리들의 이력서

예술공간의식주 엮음, 『작가의 이력서』

시대를 위한 실험정신일까, 실험을 위한 시대정신일까. 실험이란 말은 나에겐 늘 낯설게 느껴지는 말 중 하나다. 이 말을 손에 들면 나는 조금 떨린다. 뭔가 불안하고 두근거린다. 낯설어서, 멀어서, 어울리지 않아서 나는 피한다.

원래 성격이 겁이 많고, 스스로 소외감에 젖어 있고, 모험심이라고는 한 알갱이도 없는 유전자를 갖고 태어났다. 우리 집안 사람들이 대체로 그렇다. 그런 집안이라 형제가 촛불을 들고 광화문으로 나간 것을 서로 이상하게 느낄 정도였다.

집안의 유전자 얘기로 조지 오웰의 『엽란을 날려라』에 나오는 주인공 고든의 콤스톡 가家보다 더 시니컬한 묘사가 있을까. 집안 사람들의 삶은 우중충하고 무기력하며, 끝없이 무능력하다. 분수에 맞지 않는 지적인 삶에 대한 맹목적인 추앙, 결국 품위 있는 가난의 몰락으로까지 몰고 가는 콤스톡 가의 결정적 결점은 바로 '어리석음'이다. 그들의 삶에 이 어리석음이 끼어들지 않았다면, 현실적인 삶을 제법 살아냈을 것 같다. 집안 내의 전체적인 분위기야 그대로일지라도.

우리 집안은 혁명이라든가 진보적 사상 같은 건 일부러라도 가까이 하지 않으며 살아왔다. 스스로 둘러놓은 울타리를 절대 넘어가지 않으려고 애를 썼다. 그건 두려움의 세계이다. 아마도 월남가족이라서 머리 한구석에 그런 생각이 있는지도 모르겠다.

대학 1학년 때 탈춤동아리에 들었다가 집안에서 난리를 쳐서 그만둔 적이 있다. 탈춤동아리는 당시엔 진보적인 사고를 가진 아이들이 뭉쳐 있었고, 나는 대학이라는 의식화된 공간에서라면 그 정도는 해야 하는 거 아닌가하며 흥분된 가슴을 안고 들어간 첫 동아리였다. 내 몸 어느 구석에 그런 모험의 조각이 들어 있었나 싶게, 갑자기 들어간 곳이었는데 지금 생각해도 이상하다. 아마 어떤 세포 하나가 다른 모양으로 생겼었나 보다. 아니면 늘 똑같은 모양의 세포들이 지겨워서 반동의 충격이 튀어나온 건지도. 하지만 나는 끝내 탈퇴를 했고, 얼마 뒤에 탈춤동아리가 수색을 당했느니 잡혀갔느니 하는 이야기들이 들려왔다. 집안에선 "거 봐라." 하며 내 등 뒤에다가 한소리를 한참이나 했지만, 그날 밤 어머니는 안심하고 주무셨다. 동아리가 무슨 잘못이고 우리나라 것인 탈춤을 배우는 게 왜 잘못인가, 하는 생각은 그저 생각으로 흩어지고 말았다. 나는 다시 울타리로 돌아왔다. 시대에 대한 날카롭고 예리한 의식은 애초에 싹이 잘려버렸다. 그래도 시대는 격변하며 흘러갔고, 나는 반은 억지로 방관자로 서서 바라보았다. 울 엄마가 원하니까, 그런 애들이랑 놀지 말라니까 하면서 비겁의 가면을 순순히 썼다.

50명의 예술가들이 자기 이야기를 쓴, 형식이 파괴된 50개의 이력서. 『작가의 이력서』라는 특이한 제목의 책이다. 그런데 이게 책인가, 이력서 서류철인가, 홍보형 그림책인가. 서점에 가면 어느 코너에 꽂힐 것인가. 두뇌 구조가 서랍형인 나는 이걸 어느 서랍에 넣어야 할지 고민에 빠진다.

책이 발전한다. 진보해 나간다. 예전 같으면 생각도 못할 책들이 출간된다. 나는 반갑고 신난다. 정체되지 않은 영혼들이 살아 움직이는 걸 본다는 것은 순수한 기쁨이다. 이 책은 자기의 이력을 그림과 글을 섞어서 표현했다. 줄글에 익숙한 나는 처음에 '이게 뭐지?' 했다. 제법, 낯설게 하는 책이다. 서서 들춰만 보는데도 50명의 묵직한 존재감으로 가슴이 뻐근해왔다.

—저는 20세기의 오 윤을 추월하고 싶은 21세기의 오 윤입니다.
—모정후는 불완전한 반쪼가리 사람이다. 그래서 다른 사람과 함께 작업하며 공생한다.
—김리나는 soul seoul, stranger, gray
—"메모"가 취미인 그림을 사랑하는 일러스트레이터입니다. 정수연
—대단한 ? 이력서. From 희망 망상 상상. 젤리 박

그들은 움직인다. 그들의 삶이 기차게 움직이고 있다. 그들의 삶에 대한 시각이 마구 삐져나와 밋밋한 책의 표지 위에 열정의 불을 지르고 있다. 그림이다. 머리를 단박에 끌고 들어가는 추상화이다. 색면화와 색면화가의 진한 삶의 선명함이 가득 들어있다. 젊음이 잔뜩 느껴진다. 젊음

은 상상이고, 열정이고, 신선하고, 모험이라고 말한 사무엘 울만Samuel Ulman의 모든 것들이 그 안에 다 들었다. 물론 미숙함까지 보너스로.

아, 그 매력적인 청춘의 미숙함이라니. 어찌 그리 아름다운지! 그들은 모르겠지만.

책이 말한다.

너는 '?'야.

불안해서

나는

슬펐다

모자를 쓰고

책상에 앉아

창밖을 내다보았다

모자와 불안이

서로 위로하며

내 손가락 위에

살푼 내려앉는다

모자와 불안에 대한 이상한 가역반응

토마스 베른하르트, 『모자』

■

읽으면서도 불안한 책은 처음이다. 처음부터 끝까지 불안의 흔들림이 온몸에 진동을 일으킨다. 잃어버린 정신인지 놓친 정신인지 알 수 없다. 스물다섯 살 나이에 자기는 병든 인간 이외에 아무 것도 아니라고 외치는 주인공 '나'와 그 의미를 알 수 없는 '모자'가 끝없이 반복된다. 우연히 주운 모자를 주인에게 찾아주어야만 숙제가 끝난다는 듯이 이리저리 돌아다닌다. 그런데 모두가 모자를 쓰고 있다. 나도 너도 모자가 있다.

아, 모자. 도대체 무슨 의미인가. 이렇게 불편하고 불친절해도 되나. 도무지 잡히지 않는 모자의 의미 때문에 머리가 혼란스러워졌다. 순간, 작가가 바로 이 '혼란'을 느끼게 하려고 그랬나 싶었다. 모든 것이 명징한 시시비비가 힘들었을지도 모르겠다는 생각이 얼핏 지나갔다. 인터넷에 접속해 검색해보니, 고독, 혼란, 질병, 파멸, 죽음, 정신착란, 슬픔, 좌절 등의 불안의 정서가 가득한 작품이란다. 재밌는 소개는 '헤매고 싶어서 읽는 책, 혼란 속에서 거닐고 싶어서 읽는 책'이라는 것이다. 세상에 그런 목적으로 쓴 책이 다 있다니….

읽기 거북한 책. 괜한 역심이 났다. 또 그 못된 성질이 발동하기 시작한 것이다. 어디 다시 보자. 찬찬히 세세히 들여다보자. 뭔가 있을 거야. 숨겨놨겠지. 그렇게 쉽게 내줄 리야. 남의 말과 글, 생각을 믿지 말고 내가 스스로 찾아내 보자.

몇 번을 보니, 한 구석에 비켜 서 있었다. 문장들의 반복 속에 태연스럽게 서서, 4년 동안 괴롭힘을 당한 '두통' 뒤에서 홀로 고문을 받으며, 무기력으로 끔찍해져도 목을 나무에 매달지 않고, 정신착락이라는 말 뒤에 숨어서, 실실 웃고 있었다.

집 안의 창문들을 다 닫으면서 다행히 하나를 열었다. 창문 하나, 를 열어 두었다. 나는 그가 다 닫지 않고 하나라도 열어 두어서 고마웠다.

'그래. 아직 희망이 있는 거야.' 혼돈과 불안이 종종거리며 다가올지라도.

'불안과 혼돈'. 나는 이 말을 대학교 1학년 때부터 2학년까지 길고 깊게 겪었다. 입학식 날 강당에 모인 사람들에게 총부리를 겨누고 싶다는 무서운 생각을 시작으로, 지나가는 모든 건물들의 각진 모서리가 나를 찌르는 환상의 감각으로 시달렸다. 병원에 가서 치료를 받거나 심리상담을 할 여유가 없기도 했지만, 남편의 부재만으로도 저미는 엄마의 가슴에 '미친 딸년'까지 얹힐 수는 없었다. 너무 무식한 얘기지만, 그때에는 정신 상담을 받으면 대개 그렇게 생각할 때였다. 게다가 워낙 병원을 싫어해서 가까이 가고 싶은 생각이 전혀 없었다. 그래도 나름의 궁여지책은 있었다. 학교가 끝나면, 나무가 많은 동네를 지나는 버스를 타는 것이다. 그 버스를 타면 집에 가는 데 한 시간 반이나 걸린다. 중곡동에 살던 내 친구 명선이가 함께해주었다. 내 친구가 상담사였다. 나는 스트레스를 받지 않고 술술 속말을 했다. 그러면서 내 안의 불안이 그 맥을 내려놓았다. 물론 그 뒤로도 불안은 종종 나를 건드렸지만, 나는 그럴 때마다 밥을 꾸역꾸역 먹었다.

그때부터였을 것이다. 모든 게 이해되기 시작한 게. 나와는 다른 세계의 일이라고 생각했던 자살, 자해, 타인에게 하지 못하는 대신 스스로에게 하는 폭력, 불안, 혼돈 등의 날말들이 불편하지 않았다. 오히려 감싸 안고 싶어졌다. 이 세상에 이해 못 할 일은 없다. 이해하려는 마음만 있다면. 가슴 안에 '이해'의 말들이 가득 박혔다.

그리고 35년 뒤쯤인가 나는 다시 두려워지기 시작하고, 불안의 그림자 속으로 들어갔다. 사람들과의 관계에서 오는 스트레스였다. 집 안의 커튼을 다 내리고 침대에서 잘 내려오질 않았다. 걸어 다녀도 마치 좀비 같았다. 삶에 대한 건강한 욕망이 제로 상태였다. 발을 내딛는 게 마치 절벽 아래로 떨어지는 기분이었다. 신나게 다니는 사람들이 부러웠고, 나도 살고 싶다고 말하고 싶었다. 밖을 내다보면 아찔한 높이였다. 그 높이를 감당할 수 없을 것 같았다. 이때도 궁여지책은 있었다. 이탈리아어 학원에 등록했다. 『신곡』을 읽으리라 생각했다. 단테 알레기에리의 『La Divina Commedia-Inferno』. 너무 어려워서 읽기보다는, 갖고만 있었다. 그땐 몰랐다. 책을 갖고 있는 것만으로도 힘이 된다는 것을. 더우기 그 책이 신성한 것이라면. 1년 동안의 공부 끝에 나는 서서히 벗어났다. 두 번 다시 그 길로 가지 않으리라 다짐했다. 그런 것이 내 삶을 좀먹게 할 수는 없다. 더는…. 막아내든 공격하든 해야 할 테지만 그저 평온하게 바라보기로 했다. 가까이 오지 말아달라고, 더이상 오지 말라고 살살 달랠 참이다. 설사 온다고 해도 나는 잡히지 않을 것이다. 이젠 내가 그의 목덜미를 움켜쥘 테니까.

그는, 불안과 혼돈을 두려워하지 않기 위해, 글을 쓴다. 글을 쓰는 동안 너무 추워서 모자를 쓴다. 그는 세상의 모든 사람들이 모자를 쓰고 있으며, 그들 모두 글을 쓴다고 생각한다. 모자는 무얼까. 나는 아직도 그의 모자의 의미를 찾아내지 못했다. 몰라도 그를 이해하는 데에 문제가 될 건 없다. 누구에게나 하나씩 있는 모자. 인간이 갖고 있는 근원적인 불안이거나 위로이거나, '달과 6펜스' 일지도 모른다. 아니 그냥 덮어두자. 어차피 상관없는 일이다. 결국엔.

나는 감동했다. 눈물 젖은 감동이 아니라 완벽하게 메마르고 죽도록 미칠 것 같은 감동. 모든 의사들이 이삼 일 내로 미칠 것이라고 예언을 한 환자. 그 환자는 예언으로 지레 미치고 말 것 같다. 그 와중에도 그는 글쓰기를 멈추지 않는다. 이상한 모자를 쓰고, 글을 쓴다. 쓴다는 것이 무엇인지, 어떤 상황 속에서도 글을 쓰고자 하는 작가의 의지가 어떠한지를 보여주는 것이라고, 나는 생각한다.

이보다 더 절절하고 열정적인 글쓰기가 어디에 있을까. 정신병의 바다에서 초라한 나무배로 글의 바다를 항해하는 의지가 들어 있다. 만약 인터넷의 자료나 세간의 평가에 의지했다면 나는 분명 놓쳤을 것이다. 베른하르트의 창작에 대한 생각을 읽으며, 오랜만에 가슴이 뜨거워졌다.

적막에 잠긴 방에서 슬픔으로 글을 쓴다고 했던 페르난두 페소아에게도 분명 그런 '모자'가 있었다는 생각이 든다. 회계장부를 작성할 때와 같이 신중하지만 담담하게 자기 영혼의 기록을 썼던 페소아. 그의 책 『불안의 서』를 깊이 들여다보면 어느 상황에서든 작가이길 원하는 모습이 보인다. 나도 작가로 살기를 원한다. 글이, 우리를 살게 한다. 불안이 우리를 생각하게 하고 글을 쓰게 만든다.

앗, 사뮈엘 베케트의 모자도 있다. 중절모. 베케트는 배우에게 중절모를 씌울 것을 요구한다.

블라디미르 (포조에게) 저이더러 생각을 하라고 하

	십시오.
포조	모자를 주어야지.
블라디미르	모자?
포조	모자 없이는 생각을 못합니다.

-베케트, 『고도를 기다리며』, 홍복유 옮김, 문예출판사, 1969, 67쪽.

사유가 비틀거리며 길을 잃는 순간, 모자는 사유의 기호 그 자체가 되어 버린다. 움직임이 없는 움직임인 모자는 훌륭하게 베케트의 극을 대변해주었다는 뒷이야기.

아! 모자, 사유思惟.

문장은
그림의 색채 같은
말로 만든 두레박.
우물 저 깊은 곳의 미묘한 물맛을
생각의 그물로 건져 올린다.

문장에는
누군가의 영혼이 담겨 있다.
만약 영혼이
담겨 있지 않다면
그것은 문장이 아직,
아니다.

부풀린 영혼

미시마 유키오, 『문장독본』

▮

독립서점에 가면 꼭 한두 권씩 좋은 책을 골라온다. 큰 서점에서 눈에 잘 띄지 않는 책들이 그곳에서는 존재를 확실히 드러낸다. 미시마 유키오가 문장에 관해 쓴 『문장 독본』도 그렇게 내 눈에 들어왔다. 그가 문장에 관한 책을 낸 적이 있다는 건 알았지만, 한국어로 번역될지는 몰랐다. 책장 구석에서 이 책을 집어 드는데 약간 흥분되었다. 책의 존재감이 이렇게 강하다니….

글은 문장이다. 문장을 모르면서 완성도 높은 글을 쓸 수 없다. 많은 작가들이 하고 또 한 말이다. 나도 늘 문장에 신경을 쓴다. 내 수업을 듣는 학생이 몇 줄만 써 와도 그 문장에 무엇이 담겼는지 알아내려 애쓴다. 문장을 통해, 문장 속에 잠재되어 있는 의식이나 무의식인 '생각'

을 꽤 건져낸다. 그리고 그들 눈앞에 보여준다. 여섯 줄의 문장이 어떻게 자신을 부풀려 나가는지. 그 부풀림은 자기를 포장하는 과장의 부풀림이 아니다. 김경혜의 수필 「납작해진 영혼을 부풀리다」에서 "갈수록 납작해지는 무거워진 영혼을 부풀리는" 바로 그 거룩한 부풀림이다. 글 쓰는 이가 언어를 골라 문장을 만들 때는 분명 자기 안의 무언가가 움직여서 나온 말이 분명하다. 나는 그 귀중한 한 낱말에 대한 의미를 물어보고 또 물어본다.

그렇게 허공에 던져진 언어가 바닥에 영원히 닿지 않을 것 같은 딥 블루 씨Deep Blue sea에 떨어지거나, 그 파장이 서너 겹에서 무한정으로 퍼져나가는 모습을 보며 문장을 키운다. 글 쓴 사람도 모르는 자기 안의 무의식을 발굴자처럼 찾아낸다. 하나의 낱말이 얼마나 깊고 넓게 의미가 확대되는지, 실제로 보이게 한다.

미시마 유키오는 문장을 이렇게 표현했다.

> 공기 중의 질소와 산소를 합성해 어떤 약품을 만드는 사람처럼, 나는 아무것도 없는 허공에서 무엇인가 원소를 추출해서, 그것을 문장으로 고정한다.
>
> -미시마 유키오, 『문장독본』, 강방화·손정임 옮김, 미행, 189쪽.

한때 이 작가에게 몰입했다. 『가면의 고백』과 『금각사』 등의 소설을 읽으면서 그의 미감 어린 문장에 매료됐다. 오늘 이 글도 그냥 나온 것이 아니다. 쓰게 되는 데는 보이지 않는 이유가 있고, 음식이 맛을 맛을 내는 데는 보이지 않는 정성이 깃들어 있어서이다.

세상의 모든 사람들이 잠든 밤, 잠 못 자고 읽은 책과 마음으로 글을 되새김질한 시간 속에서 문장이 새로이 생겨난다. 결핍된 문장이 채워지고 지운 문장이 되살아난다. 어둠 속에 두고 물만 주면 자라는 콩나물처럼 문장은 우리의 생각을 먹고 자란다. 술이 익듯이 성숙해지려면 시간이 좀더 필요하다.

우리 머릿속, 허공이라는 공간에서. 사람들 마음 속 깊은 곳이나, 종이나 화면 위 톡톡거리는 손가락 아래에서. 아니 우리 영혼 안에서.

빈집은
마음을 세게 붙잡는다.
그 안에 살던 사람들이 남긴 흔적에
내 마음도 곁에 가 눕는다.
빈 바람이 분다.
부는 바람마저
그곳에서는 순식간에
텅 비어버린다.
바람마저 비게 만드는, 빈집.

빈집 앞에 서면
들어가보고 싶기도, 도망가고 싶기도 하다.
용기를 내어 문을 밀어본다.
열릴까.
근데 진짜로 열리면 뭐라고 하나.

당신의 시간을 빌려주실래요?

당신의 시간을 빌려주실래요?

기형도, 「빈집」

■

시인들은 '빈집'에 대한 로망이 있나 보다. 예전부터 좋아한 기형도와 최근 들어 알게 된 최하림의 「빈집」을 읽으며, 내가 아끼는 두 시인이 썼으니 나도 한번 써봐야겠군, 하는 생각이 들었다.

기형도는 「빈집」의 첫 시작을 "사랑을 잃고 나는 쓰네"로 시작해서, "가엾은 내 사랑 빈집에 갇혔네"로 끝냈다. 최하림은 "초저녁, 눈발 뿌리는 소리가 들려 유리창으로 갔더니"로 써내려가다가, "밤이 숨 쉬는 소리만이 눈발처럼 크게 울린다" 하고 마무리한다. 그 중간쯤에 무리에서 뒤처진 검은 새 한둘이 두리번거리다 빈집을 찾아 들어가는 모습이 그려져 있다.

나는 어쩔까, 생각에 잠겼다. 저 두 시인의 빈집에 대한 마음을 알 길 없으니, 내 맘이라도 붙잡아 볼 밖에.

집에는 거기 깃들어 사는 사람들의 고유한 분위기와 냄새, 이미지가 가득 들어 있다. 집에 대한 자기만의 느낌이 있어서, 늘 가슴에서 꺼내어 마음을 달랠 수 있다. 무엇보다도 집은 '돌아갈 수 있는' 유일한 곳이라는 열쇠를 갖고 있다. 특히 '우리 집'이나 '나의 집'이라는 말에 내재된 힘은 세상의 모든 일을 팽개치고 돌아오게 만든다. 복잡한 세상을 떠나 쉴 수 있게 하는 단 하나의 장소, 라고 선뜻 말하게 한다.

그러나 빈집이 되면 모든 게 사라진다. 거기 살았던 사람들의 시간은 사라져버리고 돌아오지 않는다. 아니 돌아올 줄 모른다. 기억을 불러낼 장소가 텅 비었기 때문이다. 집이라는 장소에 붙어 있던 삶의 역사는 허공으로 사라진다. 시간이 길을 잃고 헤맨다. 오래된 빈집에는 남아 있는 게 없다. 이미 스스로 무너져버리고 말았다. 사람들에게서 버림 받았다는 상처만으로도 외롭다. 제 뒤에 붙은 그림자 안에 슬픔이 담긴다. 추억이 뭉툭 잘려나간 옆구리가 허전하고, 문패에는 마음이 삭제된 아픔이 달려 있다. 빈집은 떠나야 했던 사람들의 사연을 모른다. 제 안에서 한 사람 한 사람의 역사를 쓰고, 그들이 또 하나의 이야기를 이루며 마음을 붙였던 시간을 까맣게 잊었다. 사람의 기운으로 가득 찼던 그 공기, 그 기쁨, 그 슬픔들을…. 생명의 공기가 둥둥 떠다니고, 사방에서 소리가 움직이며 집의 귀퉁이마다 부딪쳤던 일들을 얄밉게도 기억하지 못한다. 어쩌면 자기를 버리고 간 사람들이 미워서 일부러 어깃장을 놓는 건지도 모르겠다.

하지만 빈집에는 미래에 가득 찰 희망이 있다. 폐허에서 일어나는 폼페이를 상상한다. 사람들의 목소리가 사방에서 다시 울리는 환상을 품는다. 새집으로 변하는 날, 제 안의 기억을 기꺼이 지우고 새로운 사람을 만날 채비로 분주해지겠지. 그렇게 먼지를 툭툭 털고 일어나는 거야. 별것도 없어. 세상의 모든 살아 움직이는 것들은 생명을 위해 부지런히 움직이지. 너도 이제 다시 살아나려는 거야. 생명의 집으로.

내 마음의 빈집 안에 누군가가 서 있으면 좋겠다. 나를 위해 촛불을 켜준다면 더 할 수 없이 아름다운 밤이 될 텐데. 외롭지 않을 텐데.

아마도. 분명코 아마도. 그렇게 될 거야.

사람은
때론 농담처럼 살고
사람의 뇌는
계산이 안 되게 복잡 미묘하고
사람의 마음은
속을 알 수 없는 천 길 물 속이고
변덕이 매순간 죽 끓듯해서
기계가 마음의 지도를 못 따라간다

그래서 참 다행이다

농담과 과학 사이

오후, 『나는 농담으로 과학을 말한다』

■

책을 보는데 '농담'이란 말이 먼저 눈에 들어온다. 그 뒤에 쫄레쫄레 '과학'이 따라오면서 나를 쳐다본다. 과학 책을 읽으시겠다고? 그럼 바로 내 책이지! 저런 자신감은 어디서 나올까. 농담이란 말 때문에 갑자기 과학이 좀 쉬워 보인다. 작가의 이름도 특이하고, 농담처럼 휙 읽으면 될 것 같아서 책을 든 손길이 슬쩍 느슨해진다.

나에게 농담이란 말은 매우 익숙하다. 체코의 작가 밀란 쿤데라의 첫 번째 소설 제목이 『농담』이다. 이 작품과 『참을 수 없는 존재의 가벼움』을 영화로 만든 〈프라하의 봄〉을 보고, 체코 여행을 결정했고 그다음 해에 결국 떠났다. 이제는 어디를 다녔는지 잘 기억도 안 나지만, 프라하 천문 시계탑 앞 카페에서의 커피 한 잔은 머리에 깊이 각인되어 있다. 그건 그저 커피 한 잔이 아니다. 체코의 아픈 역사가 담긴 검고 뜨거운 액체이다. 나는 가이드의 시계탑 설명을 포기하고 'Praha' 카페의 커피 한 잔을 선택했다. 짧은 순간이지만 그들의 삶을 1초라도 만져보고 싶어서….

또 하나, 박완서의 소설 『아주 오래된 농담』이 떠오른다. 그녀의 농담은 일상의 시시함에 붙어 있지만 때론 소름 끼치게 잔인할 정도로 리얼하다. 농담인데 지독한 진담으로 들리게 하는 매력이 있다.

농담과 과학의 거리가 가깝게도, 아주 멀게도 느껴진다. 나는 과학과는 아주 먼 거리를 잘 유지하며 살아온 인간이다. 절대 과학 안을 침범한 적이 없다. 난 남의 것은 넘보지 않는다. 그 덕택으로 나는 인문학도는 되었지만, '과알못'의 대표가 되고 말았다. 과학은 남의 세계이다. 방금 전까지는. 그런데 오후 작가의 『나는 농담으로 과학을 말한다』는 페이지가 잘 넘어갔다. 과학은 무서운 괴물이 아니었다. 게다가 자신감까지 듬뿍 안겨주었다. 빅데이터의 등장으로 인문학에 방대하고 객관적인 자료가 생겼으니 인문학도 과학이 될 수 있을까 하는 질문을 던지면서, 빅데이터를 재미나게 설명했다. 나는 쉽게 알아들었다. 오후 작가는 과학 잡지 〈스켑틱〉에서도 AI가 아무리 인간처럼 보인다고 해도 '인간 그 자체'는 아니라고, 다만 그럴듯하게 보일 뿐이라며 두려워하지 말라고 했다. 나는 마냥 신이 났다.

'그럼 그렇지. 니들이 인간이라고? 난 인정할 수 없어. 인간처럼 보인다고? 그저 보일 뿐이야. 인간은 가슴이 있어야 해. 사랑이 담긴 가슴이.'

과학을 초보자들에게 이렇게 간단히 진단해주니, 자꾸 과학책이 읽고 싶어졌다. 과학과 문학이 서로 얽히기 시작한다. 문학적으로 경도된 시선에 균형이 잡히는 것 같다. 과학의 눈으로 문학을 대하니 새로운 세계가 보인다. 삐뚤어졌던 머리가 바로 서는 것 같기도 하다.

노트북을 연다. 열자마자 바로 제목부터 친다. '몰라도 사는 세상'. 나는 그런 세상에 살고 싶어서, 이 제목을 머릿속 빅데이터 중에서 골라내어 글을 쓰기 시작했다.

키오스크. 이상하게 별 것도 아닌데 그 낱말이 영 익혀지지 않아 버벅거렸다. 인천공항의 음식점에서 제자리에 앉아 손가락 터치로 주문하는 걸 보고 놀랐다. 아니 이렇게까지. 최첨단 공항이라 그런가보다 했다. 허나 얼마 되지 않아 온 동네가 다 그 모양으로 변신했다. 앞으로 어찌 사나, 이렇게 재빠르게 변해서야, 하는 생각만 들었다.

나는 뭐든 사람 얼굴을 보며 직접 묻는 걸 좋아한다. 옷도 손으로 직접 만져보면서 촉감을 느끼거나 물건을 한 눈으로 쓰윽 훑어보며 결정하는 재미가 있어서이다. 가게 직원들은 귀찮을지 몰라도 나는 그렇게 한다.

키오스크가 있는 가게에 가서 점원에게 말로 물어보려고 하면, 남편은 소매를 잡아끌며 질색을 한다. 눈짓으로 하지 말라는 뜻을 보내면 갑자기 역심이 생긴다. 아니 좀 모르면 안 되나, 안 쓴다고 어떻게 되는 것도 아닌데, 모르면 굶어야 하고 아무것도 못해야 되나…. 이 세상에서 순식간에 '멈춤'으로 멍청히 서 있으라는 건가, 하는 반발의 마음이 일어난다. 모든 게 너무 빠르게 변하는 게 싫다.

기계에 의한 인간의 패배가 정해져 있는 듯이 보인다. 늘 새로운 첨단의 기계가 사람들의 이목을 끌었고, 사람들은 열광했다. 하지만 알파고니 뭐니 해도 그건 사람의 일이 아니다. 그저 사람처럼 보이고, 비슷한 부분이 있어 놀랄 뿐이다. 이젠 사람들도 다 안다. 기계는 사람과 같은 존재가 될 순 없다는 사실을….

오늘도 아이스크림 가게에 들어서니 키오스크 단말기가 턱하니 버티고 있다. 서슴없이 기계 앞에 선다. '이젠 너 쯤이야' 하고 메뉴판을 보며 뭘 고를까 잠시 망설인다. 그때 옆에서 젊은 여자 분이 "모르시면 제가 도와드릴까요?" 한다. 얼결에 나는 미소를 지었다. 고맙다는 말을 하다가, 내 얼굴에 '나 모름'이 붙었나 한번 만져보았다.

밥 한 끼도 사 먹기 어려워지는 세상이 도래했구나.

오호嗚呼, 애제哀哉라.

65,000개의 못 한 말이 있다.
6,500개의 생각이 있다.
650개의 바람이 있다.
65개의 꿈이 있다.

모두, 식탁 위에 놓여 있다.

56개의 배려가 있다.
560개의 행복을 보고 있다.
5,600개의 미소를 생각하고 있다.
56,000개의 사랑이 오라고 손짓하고 있다.

레오나르도 다 빈치가 웃는다.

그래서 도망갈 수 있었다

와타나베 레이코, 『레오나르도 다 빈치의 식탁』

■

기회는 역경 속에서 나온다?

도저히 극복할 수 없는 환경의 도전만 아니라면, 인간은 역사 속에서 매순간 과감히 응전했다. 그러면서 문명을 꽃피웠다. 강한 에너지를 가지고 뿜어 나와 발전을 이루며 앞으로, 용감하게 나아갔다. '도전과 응전'이란 말은 늘 멋지게 들린다. 토인비의 책 『역사의 연구』의 나머지 내용은 몰라도 상관없다. 저 대귀對句의 언어는 인간을 움직이게 하는 역동적인 힘을 가지고 있다. 긍정적이고 모험적이며 아름답다. 언어 안에 숨은 이 '도전'이라는 말은 순수하고 근사하며, 불굴의 의지를 보여주는 저 '응전'이라는 말은 가슴을 두근거리게 한다. 인간은 어디에서든 살아낸다는 강한 의지와 생명력이 느껴진다.

오늘도 호기심과 해찰의 대마왕인 나는 와타나베 레이코의 『레오나르도 다 빈치의 식탁』 메인 주제인 레오나르도의 식탁 메뉴와 그의 수첩에 적힌 채소 재료나 와인, 예를 들어 '아룬델 수첩'에 나오는 1503년 4월 8일(51세) 빵, 고기, 흑딸기, 과일, 양초, 밀가루 등등의 메뉴에서 눈을 돌려 다른 곳을 쳐다보았다.

레오나르도에게는 친어머니 외에 새 어머니 네 명, 그리고 형제가 열여덟이나 있었다고 한다. 그런 가족들 속에서 자기 존재를 드러내기란 결코 쉽지 않았을 것이다. 금융업이 발달한 피렌체에서 처음 도착했을 때 증조부와 아버지가 공증인이었음에도 그는 서자라는 이유로 출세의 길이 막혀 있었다.

그런데 이게 다행스럽게도 그의 인생의 길을 바꾼다. 자유. 그는 막힌 길을 돌아 더 자유로운 길을 찾아낸다. 바로 우리들의 삶이 매력 있어지는 아슬아슬한 대목이다. 그의 두 손 안으로 '자유'라는 거대한 힘이 들어간다. 이제 그는 그 두 손으로 무엇이든 할 수 있다. 나는 흥분되기 시작했다. 바로 이거야. 장벽은 자유를 갈구하게 하고, 끝내 그곳을 향해 나아가게 하는 것. 막히면 돌아가고, 걸리면 넘어가고, 안 비키면 부수면 된다! "끝내 이기리라!"라는 노랫말이 입에서 마구 터져나온다. 순간, 나는 다빈치를 끌어안으며 똑똑히 보여주고 싶었다. 저 열등과 결핍의 순간이 자유를 선택하면서, 당신이 어떻게 모든 인류를 위한 위대한 인간이 되는지를. 그런 나쁜 환경에 도전함으로써 당신은 완벽한 응전을 했고, 마침내 위대한 예술을 이뤄냈다고.

레오나르도 다 빈치의 식탁에는 무엇이 있었을까. 생각컨대 맨날 일하느라 바빴던 그는 뭐 그렇게 잘 차려진 밥상을 받았을 것 같진 않다. 빨리 먹고 일해야 했을 테니…. 신발을 신은 채로 잔 적도 많았다는데.

당시 농민들은 아침에 빵 한 조각과 와인 반 컵을 마시고 일하러 갔다고 한다. 가난한 계층의 사람들은 아침에 한 번만 요리해서 점심과 저녁식사로 나누어 먹었고, 더 가난한 사람은 오전 11시와 해가 질 무렵에만 밥을 먹었다는데…. 요즘 우리도 전기밥솥에 밥을 해서 점심 저녁으로 먹으니, 뭔가 비슷하다는 느낌이 드는 건 왜일까.

사람은
혼자 가기 어려울 때
손을 내민다.
그 손을 잡아주는
다른 손의 온기에
삶이 이어진다.

손과 손이
서로의 마음이다.

거절하지 마라.
누군가 손을 내밀 때
손이 아니라
자기 힘든 인생을
모조리 내놓는 것이니
꽉, 잡아주어라.

고요에게 손을 내밀다

허균, 『한정록』 / 괴테, 『서·동시집』

▮

어느 날, 알아챘다. 나에게 텅 비어 있는 동굴이 있음을…. 나는 신났다. 하나의 문을 닫자 생겨난 그 동굴을 어떻게 할지 궁리하기 시작했다. 머리에 온갖 다양한 구성안이 떠오르고, 그것을 쓸 생각으로 금세 들썩거렸다. 동굴에서 오늘은 한 평, 내일은 두 평을 떼어 평범한 나의 삶에 이리저리 다양한 색깔로 붙여보았다. 사람들의 반응은 반짝거렸다. 그럴 때마다 내 눈은 더할 수 없이 아름답게 빛났다. 마음 깊은 곳에서부터 솟구쳐오르는 기쁨이라 삶을 바라보는 눈동자가 행복을 지나쳐 갈 수 없었다. 나는 그 빛을 여기저기에 아낌없이 나누었다. 빛의 길이 그들의 삶에도 이어지길 바라면서….

그런데 동굴 안으로 자꾸 사람들이 미끄러져 들어온

다. 슬쩍 발을 들이민다. 텅 비어 있던 동굴이 서서히 차기 시작한다. 고요가 그리워, 라고 말할 새가 없다. 그들이 나는 네가 그리워, 하며 덥석 내 손을 자꾸 잡아끌어서.

'빈 동굴이 있다고 그만 자랑해야겠군. 동굴의 문을 잠깐 걸어두고, 낮잠을 자자.'

나는 두 눈을 감았다. 괴테의 『서 · 동시집』에 나오는 '불만의 서書'의 한 구절이 떠오른다.

> 정말 황량하고 고독한 그런 곳을요.
>
> 그러다가 황량한 내 마음을 찾아내어
>
> 둥지 틀었지요, 그 빈 가슴 속에.
>
> –괴테, 『서·동시집』, 전영애 옮김, 서울대학교출판문화원, 46쪽.

황량해지고 싶다. 황량한 땅으로 가자. 황량한 내 마음을 데리고 어디라도 떠나자!

제주도립미술관 비엔날레 전시회에서 작품 옆의 글이 하도 좋아서, 작가가 썼나 했더니 허균이 『한정록閒情錄』에 쓴 글이었다.

> 고요함이 극에 달하면 봄 못 속의 물고기처럼 미미하게 숨을 내쉬며, 움직임이 극에 달하면 칩거한 온갖 벌레들처럼 고요하게 숨을 들이쉰다. 고른 호흡은 바로 이것과 같다.
>
> -허균, 『한정록』, 솔, 1997, 183쪽.

그 많은 글 중에서 허균의 글이 눈에 들어온 것은 지금 내게 '그가 말해주는 무언가'가 필요하기 때문일 게다. 허균의 글을 읽으며, 나는 속으로 말했다. '제 손 좀 잡아주세요.'

이 책은 '은일隱逸, 한적閑適, 퇴휴退休, 청사淸事'로 구분하는데, 허균은 이 중 제일 중요한 것을 '한적'으로 꼽았다. 은둔하여 이 세상을 떠나든 속세에 있든 자적에 이를 수 있게 하기 때문인데, 글쎄 그렇게 쉽게 이를 수 있나 싶다. 시대도 다르고 사람도 다르니….

새로운 글쓰기를 구가했던 허균은 늘 '자기만의 글의 집'을 그리워했다. 남의 생각이나 모습이 손때처럼 묻어나지 않는, 오로지 자기만의 순수한 글짓기. 그의 '고요'에 대한 시가 나를 고요의 세계로 이끌어줄까. 내 손을 꼬옥 잡아 고요에게 손을 내밀게 해주었으면.

안 하던 짓을 요즘 한다. 새벽 3시 반에서 4시 반이면 눈이 떠져서, 결국은 서재 의자에 앉아 노트북을 연다. 대략 한 시간 반 정도 토닥토닥거리다가 다시 잠든다. 그 시간이 매력이 있다. 글이 잘 써진다. 옆에서 "버릇될라" 하고 걱정하는데도 나는 점점 더 그 매력에 빠지고 있다.

새벽 한 시간 반의 작업은 능률적이다. 세상의 모든 언어들로 새벽의 공기를 채우는 일은 아름답다. 포근한 잠 대신 언어가 들어앉아 사유의 시간을 연다. 글이 제법 근사하게 써지므로 나는 환희에 사로잡힌다. 내 안의 잠재적 배신자가 존재하지 않는 이 시간은 매번 다소곳하게 장미 향수를 내놓아준다. 이제 나는 새벽의 포로가 될지도 모른다.

왜 그럴까 생각하니, 바로 '고요' 때문이다. 둘이 사는 집이니 낮에도 고요하긴 하지만 아무도 찾지 않는 새벽의 고요는 정신을 가라앉히고, 내 안의 언어들을 선선히 불러낸다. 언어에 저항의 그림자가 없다. 순하게 나오는 생각들이 곱다. 나는 그저 줍기만 하면 된다.

"푸른 방들 속에는 오후 내내 고요만이 살고 있다"고 했던 시인 게오르크 트라클의 그 고요가 깨어날까 봐, 고요가 샐쭉 하며 달아날까 봐, 고요가 뒤도 안 돌아보고 훌쩍 사라질까 봐, 납작 엎디었다. 세상의 소리가 고요의 세계로 내려갈 때까지.

나는 한동안 사람에게 귀를 기울일 수가 없어서, 고요에게 귀를 대어보았다.

이게 무슨 그림이야.

왜 이상해?

아니 뭐 좀 달라서.

달라?

그러게. 독특하네.

누가 그린 거야?

장 미셸 바스키아.

누구…?

그대

왕관을 갖고 싶었는가.

그려주고 싶었을 뿐이야.

아름답잖아.

누구나 자기 인생의 왕이니까.

누구를 위한 왕관인가

SUN 도슨트, 『그림들』

까만 캔버스에 하얀 선으로 왕관이 그려져 있는 그림을 처음 보았을 때의 느낌을 기억한다. 뭔가 단순해서 세련미가 느껴지기도 했지만, 슬픈 기운이 만져졌다. 무엇보다도 '왕관'이 강하게 다가왔다. 일설에는 그가 존경했던 재즈 마음 속 영웅들에게 왕관을 씌워준 것이라 한다.

장 미셸 바스키아에 대한 소문이 무성하다. 검은 피카소라 불린 그는 무명 시절 뉴욕에서 만난 가수 마돈나와의 짧은 사귐을 세간의 주목을 끌었다. 서른두 살의 나이 차이를 넘어선 엔디 워홀과의 우정에 대해서도 말이 많다. 헤로인 중독으로 사망하기까지 불과 27년의 짧은 생이 온통 전설 같은 이야기로 채워져 있다.

그의 그림은 어린아이가 그렸다고 할 수 있을 만큼 단

순하다. 어린아이처럼 그리고 싶다던 그의 말대로 심히 단순하게 느껴진다. 그런데 다시 보면 복잡하고 난삽하다. 게다가 글도 많고 색채감이 급격하게 적다. 나처럼 색면화를 좋아하는 관객으로서는 쉽지 않다. 이런! 오히려 머리로 생각해야 하는 그림이다. 처음의 단순함이 '유혹'이라고 생각이 될 정도로.

그는 무엇을 말하고 싶었을까. 해골과 왕관. 대입 논술 시험에 나올법한 주제이다. 아무리 왕관을 쓰고 있어도 결국은 해골처럼 '죽음'을 맞이해야 한다는 해석은 클리셰로 느껴진다. 모마 미술관 도슨트북 『그림들』(SUN 도슨트 지음, 나무의 마음, 2022, 322쪽)에 나오는 바스키아의 그림을 보며 생각했다. 바스키아에게도 그런 의미였을까.

나는? 나는 왕관을 생각해본 적이 없다. 내 신분이 왕족쯤 된다고 생각해본 적이 없다. 지금도 나는 내 영역이 아닌 것은 쳐다보지 않는다. 아기 때 별명이 '모괴'였는데, 모과처럼 못생겨서였다. 살이 쪄서 그렇게 불렀다는데, 좀 심했다. 하지만 다행이랄까. 자라면서 몸이 허약해져서 다시는 그런 별명으로 불리지 않았다. 그래도 그 이름에 대한 상처가 남아 있었는지 공주 같은 이미지는 생각도 못하면서 자랐다. 게다가 무엇 하나 제대로 하는 게 없었다. 모든 게 시들했다. 몸 안에 멕아리가 없어 늘 비틀거렸던 것 같다. 체력이 부족하니 하고 싶은 욕망도 거의 없었던 나는 뭐든 잘 못한다고 말하는 게 편했다.

그럴 때마다 나타난 혜옥 언니. 아버지 쪽 사촌인 혜옥 언니는 구세주였고, 영웅이었고, 존경의 대상이었다. 모든 걸 척척 잘했다. 손재주가 보통이 아니어서 못 만드는 게 없었다. 왕관은 혜옥 언니에게나 어울리는 것이었다. 왕관과 나는 거리가 너무 멀었다. 나는 그런 걸 쓸 기회가 전혀 없었다. 내 삶은 요란하지 않았고, 왕관 같은 건 나에게는 잊혀져버린 무용한 언어였다.

나는 바스키야도 스스로 왕관을 쓸 생각은 없었다는 생각이 든다. 하지만 결국 그는 왕관을 쓰게 되었다. 그림 속의 왕관들이 모두 걸어 나와 그의 머리에 얹히는 환상이 눈에 스친다.

막다른 골목에 들어선다
행복한 아침이다
불행처럼 돌아서야 할까

몽상가의 몸에 붙은
수많은 헛된 몽상의 아니마들이
날아다니며 부딪친다

골목길 위로
가득 떨어진 몽상들
영혼이 살고 싶어 하는 곳
막다른 길들을
깨끗이 청소한다

누군가 잘 지나가도록

막다른 골목의 몽상가

가스통 바슐라르, 『몽상의 시학』

■

몽상夢想. 실현 가능성이 없는 헛된, 꿈 같은 꿈속의 꿈. 상상, 환상, 허상, 가상, 추상, 구상, 예상, 발상 등이 한 동네 주민이다.

모두 실존의 개념보다는 어슴푸레한 관념에 속하는 것들이다. 나는 이런 말들을 좋아하는 부류에 속한다. 이런 말의 뜻을 하나도 모르는 어린 시절부터 어른이 된 지금까지도 그 세계에서 벗어나지 못하고 있다. 아니 애초에 벗어날 생각이 없다. 꿈도 꾸질 않았다. 나는 그저 이 동네가 좋다. 그 헛되고 쓸데없고, 무능력과 무기력이 혼재한 곳, 현실에 두 발을 딛지 않고 공중에 뜬 맨발로 환상의 춤을 추는 무대가 있는 곳, 무한의 생각과 사유의 무한함을 맘껏 누릴 수 있는 바로, 여기.

오랜 만에 우화를 읽었다. 여우와 신포도, 토끼와 거북이, 해님과 바람, 양치기 소년, 이솝우화가 내가 아는 우화의 땅이다. 솔직히 나는 우화가 대단한 이야기로 생각되지는 않는다. 그것이 갖고 있는 상징성이나 주제가 좋아도, 좀 더 멋지고 근사한 글에 눈이 간다. 그런데 이상한 건 무슨 결정을 할 때 진지하고 철학적인 글보다는 이 짧은 우화가 선택의 기준이 된다는 사실이다. 나의 일생에 영향력을 미치는 것이다. 루신의 『아Q정전』이 작가의 원래 의도와는 상관없이 나의 삶을 지탱해 주었듯이….

이탈리아 아동문학가인 잔니 로다리Gianni Rodari의 우화 중에 주인공 조반니노와 막다른 길에 대한 이야기가 있다. 그가 사는 마을에 막다른 길이 있는데, 호기심이 많고 고집이 센 그는 사람들의 만류에도 불구하고, 그 길을 간다. 거기에서 공주도 만나고 보석도 얻어 돌아온 그를 보고 동네사람들이 뒤따라 나섰지만, 그 길 위에 남아 있는 것은 아무 것도 없었다는 약간은 헐렁한 이야기이다. 이론 물리학자 카를로 로벨리는 자기 앞에 놓인 막다른 길을 보며 이 우화를 떠올렸고, 인생에서 가장 중요한 선택을 하는 데 결정적인 잣대로 삼았다. 어린 시절의 기억은 이렇게 어른이 되어서도 가슴 안에서 인생을 붙든다.

나는 어릴 때 고독이나 슬픔 같은 감정을 많이 느꼈다. 커서야 그런 느낌들이 언어로 규정되어 있다는 걸 알게 되었지만, 아무것도 모르는 무지의 상태에서도 느낌은 힘차게 살아 움직였다. 순수한 영혼의 소유자인 어린아이들은 소라에서도 바닷소리를 듣고, 나무에게서도 자연과 우주의 생명 소리를 들을 수 있다. 어렸지만 나는 어떤 알 수 없는 존재가 저 너머에 있다는 생각이 간절했고, 그게 우주의 무한한 힘이든 불가사의한 생각이든 간에 나는 그것에 닿고 싶었다. 물론 닿지 않았다. 손의 길이만으로도 아직 닿기에는 너무 어렸다. 그저 몽상에 빠져 하루를 보낼 뿐이었다. 하루라는 시간을 마구 허비하거나 낭비를 했다. 어린아이라고 아무도 쳐다보지 않았기에 가능한 일이었다.

이런 상태를 가스통 바슐라르는 '도피의 몽상'이 아니라 '비약의 몽상'이라고 말했다. 비약의 몽상. 어디까지 솟아오를 수 있을까. 이어서 그는 "몽상은 정신이 비어 있는 상태가 아니라, 그보다는 영혼의 충만함을 경험하는 시간의 증여물"이라고 말한다. '몽상rêveries'이란 여성명사의 말의 미감이 '꿈rêves'이란 남성명사보다 퍽 매끄럽다. 아니 부드럽다고 해야 할까.

이광호의 우화집 『숲 광장 사막』에도 비슷한 이야기가 나온다. '몽상가'라는 제목의 이야기다. 사람들이 어느 젊은이와 나눈 문답을 정리하면 대략 이렇다.

—앞으로 어떻게 살 건가?
—구름에 집을 짓고 살려고요.
—아, 몽상가로군.
—아, 겁쟁이들이시군요.
—저런, 구름에 집을 지을 수 없구나. 나는 정말 몽상가였구나.
—몽상가가 드디어 꿈에서 깨어났군.
—허무한 시간이었고 헛된 꿈이지만, 글로 써야겠다.

몽상가였던 젊은이의 이야기는 소설로 출간되고, 그 소설에 영감을 받은 건축가가 100층이 넘는 멋진 빌딩을 지은 뒤 그를 초대한다.

—저는 헛된 꿈만 꾸었습니다.
—실현 가능한 꿈은 현재의 세상에 머물지만, 헛된 꿈은 새로운 세상을 만든다네.

두 사람의 대화는 바람직하지만, 조금은 예상된 결말이다. 그래도 나는 저 대화가 좋다. 막다른 길목의 몽상가가 결국에 글을 쓰고 책을 출판해서, 그 책이 남에게 영감을 주고, 언젠가 나에게도 영향을 미치게 될 날이 올 것이다. 그의 내면의 울림이 파동이 되어 내게로 전달되는 그런 날이…. 몽상가가 근사한 결과를 내서 뿌듯했다. 막다른 길목은 어느 마을이나 있다. 다만 헛된 꿈을 꾸는 몽상가가 거기에 사느냐 아니냐가 문제겠지.

봐, 우리 동네 사람이야. 자랑스럽지?

-무민이는 눈이 왜 이래?
장난꾸러기라 그래.
-무민이 엄마는 가방에 뭐 갖고 다녀?
털양말, 사탕, 위장약.
-무민이 여자 친구는 왜 앞머리가 노래?
이뻐 보이려고.
-무민이 어디 살아?
핀란드.
-어딨어?
유럽.
-나도 알아. 유럽, 아시아, 오세아니아….
오세아니아도 알아? 여섯 살인데? 정말 알아?
-아시아도 알아. 근데 유럽이 뭐야?
엄마 출장 간 동네.
-나도 가고 싶다. 무민이 만나고 싶다.
-마이는 왜 키가 작아?
그냥 작아. 처음부터.
-누가 엄마야?
몰라.
-이건 뭐야………. (무한반복)

팅커 벨의 금빛 가루

토베 얀손, 『무민 계곡의 이야기』

■

"Hattifattener! 뭐 이런 단어가 다 있지? 본 적 있어?"

"아니 없어요. 찾아보죠 뭘."

우리는 얼른 사전을 뒤졌다. 생전 처음 보는 이상한 알파벳의 조합인데다, 't'가 네 개가 들어있다니…. 사전에도 정확한 설명이 없다. 발음을 해보지만 버벅거리기만 한다. 도대체 이 발음을 어디 가서 찾나? 옆에 핀란드 사람이 있으면 얼른 해보라고 시키고 싶은 심정이다.

줌으로 함께 영어책 읽기를 하고 있는 후배와 나는 인터넷 서치로 겨우 몇 개의 정보를 찾았다. 영어에서는 햇티패트너Hattifattener이고, 핀란드에서는 핫티바티트Hattivatit, 일본에서는 '꿈틀꿈틀'로 불리고, 한국에서는 '번갯불'로 불린다는 정도.

이들은 일 년에 한 번 천둥번개가 치는 한여름에 버려진 섬에서 대규모로 만난다. 끝나지 않는 세계를 향해 떠나는 여행을 앞둔 그들만의 전야제처럼…. 서로 춤추듯 앞뒤로 흔들고 제 몸에서 빛을 내는데 먹거나 잠도 자지 않고, 말도 하지 않는 침묵의 존재들이라는 게 이들에 대해 알려진 전부이다.

정보가 부족할 땐 본문에 충실한 게 최고다. 동화책을 다시 찬찬히 들여다보았다. 작은 유령 같은 이 캐릭터는 비어 있는 듯한 하얀 얼굴에 쉴 새 없이 손가락을 만지작거리는 게 특징이며, 말할 수도 들을 수도 없다. 시야는 지독하게 좁아서 원하는 것이라고는 단 한 가지, 빛을 모으는 것뿐이다. 내내 천둥 번개가 치는 폭풍을 찾으러 다니는 운명을 기꺼이 받아들인다. 절실하게 갖고 싶은 건 '바로미터'. 그들을 폭풍 치는 곳으로 갈 수 있게 도와줄 유일한 물건이다.

가끔 영어 단어를 보면 발음보다는 구성조직에 더 눈길이 간다. 왜 이렇게 만들었을까. 어떤 과정을 거쳤기에 이런 모습으로 만들어졌을까 궁금해진다. 언어에 대해 관심이 많은 나는 그런 것들을 생각만 해도 기분이 좋고 흥미롭다. 사실 그 어원을 찾아보면 대개가 라틴어에 근원하는 경우가 많지만, 전공자도 아니고 모국어가 아니라 정확히 알기가 쉽지는 않다. 발음하기가 어려워 몇 번이나 입안에서 말을 굴려야 했던 이 어려운 이름의 캐릭터는 작가가 창조해낸 것이다. 핀란드의 유명한 작가 토베 얀손Tove Jansson이 쓴 동화 「무민 계곡의 이야기Stories from Moomin valley」에 나오는, 무민 가족보다 더 이상하고 특이한 존재. 무민 가족과 그들의 개성 있는 친구들 캐릭터도 좋아하지만, 나는 단번에 이 공상 과학에나 나올법하게 생긴 괴상한 존재에게 끌렸다. '끌림'이 있다는 건 행복한 일이다. 살아 있다는 증거니까. 동화 한 편에도 끌리는 마음은 아직 쓸만하다. 작가 토베 얀손의 삶을 그린 영화도 찾아보았다.

처음엔 어휘에 끌렸는데 점점 그 인생을 생각하게 된다. 번개와 천둥이 치는 폭풍 속으로 스스로 들어가는 인생이라니. 세상의 모든 이들이 피하고 싶은 그 폭풍 속으로 말이다. 앞이 보이질 않아 다행인가. 그 무서움이 보이지 않으니 아예 무서움을 모르는 것일까. 느껴지지 않으니 그들에겐 두려움의 대상이 없고, 오로지 '빛'만을 향해 갈 수 있는지도 모른다. 신을 향한 마음처럼…. 삶이 밝을수록 빛은 잘 안 보인다. 어두워야 또렷해지는 빛은 그저 그 자체로 존재한다. 다만 우리가 어디에서 어떻게 바라보느냐에 따라 다르게 느껴지는 것일 뿐. 나는 지금 어떤 빛을 따라가고 있는 걸까.

생각지도 않게 이 동화책을 보게 된 건 절친 후배가 핀란드에 다녀오면서 사 가지고 와서이다. 그림이 무척 좋구나, 라고 말했더니 함께 읽어보자고 해서 시작된 일이다. 토베 얀손이 쓰고 그린 'Moomin Series'에서는 아이들에게 철학의 세계를 보여주려는 작가의 마음이 느껴진다. 철학은 이런 동화 한 권속에서도 어린이의 마음을 자라게 할 것이다. 삶에 대한 시각은 단번에 이루어지지 않는다. '서서히 물들어가서 생각하는 인생이 된다'는 것. 근사한 선택이다. 에릭 와이너는 『소크라테스 익스프레스』에서 같은 이야기를 한다.

> 질문을 사는 겁니다. 오랜 시간 마음 한 구석에 질문을 품는 거예요. 질문을 살아내는 거죠. 단순히 문제를 해결하려는 게 아닙니다. 우리는 너무 자주 해결책을 찾아버려요.
>
> –에릭 와이너, 『소크라테스 익스프레스』, 김하연 옮김, 어크로스, 2021, 69쪽.

질문을 경험하며 사는 것은 우리가 잠시 철학자가 되는 첫걸음일지 모른다. 자주 산책을 나선다. 주머니 속에 철학을 넣어 다니다가 노변카페에 앉아 차를 마시는 시간이 좋다. 찻잔에 설탕 대신 철학을 슬쩍 넣어보는 것도 좋겠지. 혼자이면 독백을, 둘이라면 대화를, 셋 이상이 모이면 토론을 해보는 것도…. 무엇보다도 쓸데없는 이야기를 실컷 하는 기쁨을 누렸으면 좋겠다. 삶은 순간순간 팅커벨의 금빛가루가 필요하다. 비록 그게 동화 속의 환상일지언정….

4부
상실의 시간을 지나

너무
느린 건 없어
그저 몰랐을 뿐이지
느린 거북이가
늘 머릿속에 있었지

보이지 않는다고
멈춘 건 아냐
기다려 봐
느린 눈을 가진
누군가가 오고 있으니

느린 거북이가 늘 머릿속에 있었지

김상규, 「실패한 과학의 가치」

■

실패한 과학, 이라는 말이 참 신선했다. 그는 분명 마음이 아픈 말인데, 나는 마음에 쏙 들었다. '실패'라는 말이 왜 그토록 두려운가. 맨날 지면서 살아온 사람들은 질 줄 안다. 질 줄 아는 것도 힘이다. 지는 고통의 바다를 지나왔으니, 져도 웃을 수 있는 마음을 가졌으니, 이제 기다리면 된다. 이기는 날을…. 종내 이겨봐야 별것도 없지만, 끝내는 한번 이겨보아도 좋겠지. 세상이 꿈쩍도 안하는 게 더러 비위가 상하기는 하지만, 마음이라도 달래줘야지.

분자생태식물학자인 김상규의 「실패한 과학의 가치」라는 글은 'SKEPTIC'이라는 이름의 잡지 27권(Vol.27)에 실렸는데, 그 첫 문장이 이렇다. "과학자는 실패를 반복하는 사람이다." 문장을 쓸 줄 아는 분이다. 치고 들어가는 입체적인 문장을 만들었다. 다음 문장에서 그는 내 마음을 아프게 했다. 실패한 과학은 기억되지 않으며, 그런 이유로 세상에는 성공한 과학자들만 존재하는 것처럼 보인다며 잘난 사람들만 빛나는 세상을 말하며 씁쓸해하는 그의 입가가 떠올랐다. 하지만 "과학자란 실패를 통해서 배우는 사람들"이라는 표현에 마음이 가라앉았다. 단지 네 줄의 문장인데, 순간적으로 나는 감정의 곡선을 탔다. 문장의 힘이다.

'코요테 담배 씨앗의 발아에 관여하고 있는 유전자를 찾는' 프로젝트가 그의 일이었는데 결국 실패했다고 한다. 그 실패기를 나까지 보게 된 것이다. '난 이제 무엇을 해야 하나?' 하며 자꾸 먼 풍경만 바라보는 식물학자의 눈에 코요테 담배 꽃의 상하운동이 눈에 들어왔다. 해가 뜨면 꽃이 아래로 내려오고 해가 질 때 꽃이 다시 위로 올라가지만, 너무 느리게 움직여서 아무도 몰랐던….

결국 실패한 과학이 또 다른 식물을 연구할 기회를 주었고, 그는 과학을 새롭게 보는 '눈'을 선물받았다. 나는 그의 실패와 새로운 눈도 좋았지만, 저 느리게 움직여서 아무도 몰랐다는 꽃의 움직임에 대한 이야기에 자꾸 눈이 갔다. 모든 게 너무 팽팽 돌아가는데, 어쩌자고 저토록 느린가. 아무도 몰라주는 느림이 우리 성에 안 찰지는 몰라도, 어쩌면 그 느린 속도가 그들에겐 최고의 속도이자 최선의 선택일지도 모른다.

나는 늘 늦된 아이였다. 이도 늦게 나고, 신체 발육도 늦어 생리를 중3때 할 정도로 더뎠다. 물론 생각도 그랬다. 모든 게 어슴푸레할 뿐 마음이나 눈에 명확하게 들어오는 게 없었다. 그저 턱을 괴고 상상이나 할 뿐이었다. 헛된 상상의 나라만 땅이 넓어졌다. 현실에서는 좀 모자랐지만, 상상의 세계에서는 제법 할 짓을 했다. 아무리 느려도 분명 앞으로 나아갔고, 뭔가를 해냈다. 한 자리에 정지하지는 않았다.

느린, 아주 느린 걸음으로 걸어나갔다. 가끔 그런 아이들을 보고 부모들이 "쓸데없는 것, 도대체 뭐가 되려고 그래?" 하며 구박한다. 그것은 '폭력'이다. 말에서 나온 지독한 폭력. 겉으로 드러나지 않는다고 안심하거나 거짓 미소를 짓지 마라. 당신들의 폭력에 속살이 갈기갈기 해지고, 상처마다 굵은 소금이 마구 뿌려져 육신과 정신이 미친 듯이 들썩인다.

왜 '무엇이 되길' 그토록 바라는가. '무엇이 안 되면' 어때서…. 살아 있기만 해도 멋진 존재들이다. 살아남기만도 힘든 세상에서 무엇까지 되라고 강요하지 마라. 이미 그들은 '살아 있음으로 바로 그 무엇'인 것이며 모두 소중한 존재들이다.

글쓰기 강사를 하는 30년간 학생들이 써 오는 많은 글을 보았다. 어릴 때 부모가 함부로 내뱉은 말에 극심한 상처를 받고 정신적인 폭력에 평생 시달린 시간들을 표현한 글이 많았다. 이 정도까지, 할 정도로…. 슬픔은 새로운 슬픔을 불러왔다. 글을 읽는 내내 가슴이 아팠다. 이제 와서 지울 수도 없는 슬픈 시간의 흔적이 너무 깊이 파여 있었다.

사람의 일생에 총량의 법칙이 있다면, 느린 아이에게는 많은 가능성이 남아 있는 셈이다. 언제 그 남은 힘을 다 모아서 그들의 인생에서 멋진 한 방을 보여줄지 모른다. 그들에게는 늘 멋진 숫이 등 뒤에 기다리고 있다. 우리는 그저 기다려주면 된다. 참을 수 없는 권태가 정점에 도달하는 순간 느림은, 드디어, 돌아설 것이다.

느림은 빠름의 대칭어가 아니다. 느리다는 것은 잠시 뒤에, 뭔가 굉장한 것이 터질 거라는 예고이다. 느림은 알 수 없는 미래이다. 그 느림이 숨을 잠시 멈출 때, 우리는 숨을 죽여야 한다.

숨, 터진다.

어느 날, 사다리를 타고 올라가니
텅 빈 공간이 있었다.
고요했다.

숨소리조차 들리지 않는 진공의 상태.
그때 한 줄기 바람이 불자
만물이 숨을 쉬기 시작했다.
혈관에 피가 돌았다.

건반 위의 철학자가 말했다.
고요에도 맥박이 있다.
맥박이 뛴다고?

말러를 쳐다보았다.
빈손이다.
해머를 가져오지 않았다.
우리는 아직 살아 있다.
잠시, 탈진했지만.

탈진했지만, 우리는 아직 살아 있다

러셀 셔먼, 『피아노 이야기』

“탈진했지만, 우리는 아직 살아 있다.”

저 한 줄의 문장 때문이다. 러셀 셔먼의 『피아노 이야기』를 끝까지 읽게 된 것은.

건반 위의 철학자, 라는 수식어는 뜻은 전달되지만 매력적이지는 못하다. 나는 그게 뭐든 ‘매력’이 좀 느껴지는 게 좋다. 말하자면 영어의 Attractive보다 이태리어의 Attrattivo라는 언어 구조가 좀 더 매력적으로 다가온다. 앞에 것은 ‘t’가 세 개 들었고, 뒤의 것은 네 개나 들어 있다. 나는 이 ‘t’가 양쪽에 딱 균형을 잡고 서 있는 모습에서 위엄을 느낀다. 까다로운 예술가의 성격이 보이는 듯도 해서 이 단어가 무척 마음에 든다. 어느 날 매력이 까무잡잡하게 흘러넘치는 후배 여행 작가에게 이 단어를 애칭으로 주었다. 스페인어로는 같은 뜻이지만 Atractivo보다는 Atracción이 낫다. 발음만 입안에 굴려 봐도 금세 언어의 촉감이 다름을 알게 되지만, 역시 네 개의 't' 앞에서는 살짝 약하다. '정말 그런가, 나는 아닌데' 해도 상관없다. 이건 순전히 언어에 대한 나의 개인적 취향이자 편견이 가득한 의견일 뿐이니까.

책을 통해 많은 언어를 만난다. 나는 어떨 때는 책의 내용보다 언어 그 자체를 분석하고 마음에 담느라 맥을 놓치는 경우도 많다. 그런데 뭐가 되던 간에 그 근간은 책이다.

"탈진했지만, 우리는 아직 살아 있다."

쓰러질 만큼 완전히 삶에 지쳤을 때라야 '탈진'이란 말을 쓸 수 있다. 자기가 살아 있음을 느끼지 못할 정도로 빈사의 상태이거나, 삶을 무자비하게 소모하여 힘이라곤 한 방울도 남아 있지 않을 때, 진공에 압착되어 막힌 핏줄을 가진 그런 몸이 될 때….

살면서, 한 번 그랬다. 그런 일이 있기 전에는 나는 언제나 건강하고, 에너지가 넘치고, 마냥 일해도 되는 줄 알았다. 마구 써댔다. 미친 듯이 질러댔다. 여기저기에 힘을 쏟고 뿌리면서 자랑 섞인 교만한 웃음을 웃었다.

어느 날, '말러의 거대한 해머'가 나의 머리를 타격했다. 세 번이 아니고, 두 번도 아니고, 겨우 한 번! 생전 처음 겪는 타격에 놀라서 노트북을 얼른 닫았다. 한동안, 제법 느리게 지내는 것 같았다. 망각은 인간에 대한 위로지만 치명적일 때도 있나 보다. 어느 새 살금살금 다시 돌아가고 내 몸과 마음은 두통의 그림자를 피해 다니면서 힐긋 눈치를 보기 시작했다. '별거 아니었군. 괜히 놀랐네.'

나는 여전히 교만의 언어에서 벗어나지 못하고 있었다. 아파 보지 않은, 병을 모르는 자의 무지한 교만은 매정하고 무참하게 보복당했다. 정확히 3년 뒤에…. 두 번째 타격이 내 삶을 강타했다. 더할 수 없이 잔인하고 무자비하게! 단번에 허리가 반으로 접혔다. 90도로 꺾인 모습에 사람들은 놀랐고, 더러 눈물을 보이기도 했던 것 같다. 나는 그 순간에도 웃으며 해탈한 노인처럼 '어여 가'라고 손사래를 했다. 뒤돌아서면서 마침내 이렇게 삶이 포기되는 건가, 하는 의심의 눈초리가 내 안의 나를 뚫어지게 쳐다보기 시작했다. 울음마저 도망가 버렸다. 손가락을 올릴 힘도 다리를 놓을 기운도 없어 눈을 뜨기가 싫었다. 사람이 그토록 그리웠는데도 말이 섞어지지 않았다. 말의 숨, 은 그 대문을 매정하게 닫아버렸다. 숨의 간격이 드문드문 이어졌다. 나는 시간의 밑바닥에 누워 밑바닥 저 밑을 무심히 바라보았다.

시간은 흘러갔다. 너무 느리지도 빠르지도 않게. 하루 종일, 한 달, 2년…. 나는 반강제적으로 혼자가 되어가고 있었다. 내 안의 나는 점점 축소되어 먼지처럼 사라질 판이었다. 사람들이 수군대는 소리가 종종 들려왔다. 나는 그들이 나를 사랑하는 것을 확실히 안다. 그래도 '수군수군'은 늘 등 뒤의 바늘이었다. 그것을 뽑아내느라 가슴이 내내 아팠다.

말러가 6번 교향곡에서 예언했다는 세 번의 비극. 장녀 마리아의 죽음, 가극장에서의 사임, 본인의 심장병 진단 혹은 작곡 어린 동생의 죽음 등이 거론된다. 그때마다 말러가 받았을 충격은 그 무엇으로도 표현하기 어려웠을 것이다. 인생의 불행에 투쟁하는 처절한 몸부림, 인간이 겪는 비극적이고 잔인한 숙명과 고통의 아픔. 그는 엄청하게 큰 해머의 타격으로 자기 인생에 찾아온 충격을 표현했다. 내가 말러를 떠올린 것도 그 해머가 내 머리를 강타하던 그날이었다. 내가 힘드니 그제야 그가, 그의 음악이 들렸던 것이다.

그리고, 세 번째 타격이 찾아왔다. 무서우리만치 고요한 정적 속에서 천천히, 매우 편안하게. 말러의 피날레를 들으며 나는 미소지었다. 의사가 '파킨슨병'이라고 병명을 말하는데도 더없이 평온했다. 두 번의 타격으로 나는 용감한 전사로 단련돼 있었다.

러셀 셔먼은 말한다. 피아노를 아는 것은 우주를 아는 것이라고. 나는 이렇게 말한다. 글을 읽고 쓰는 것은 우주 너머까지 아는 것이라고. 베토벤을 연주할 때는 베토벤을 섬겨야 한다. 아니 베토벤을 대신해야 한다. 아니, 베토벤이 되어야 한다. 글을 쓸 때는 글을 섬겨야 한다. 아니 글을 대신해야 한다. 아니, 글이 되어야 한다.

이럴 때 나는 행복하다. 나 말고 이렇게 말해주는 사람이 이 지구상에 또 있다는 게 참으로 등이 뜨뜻하고 든든하다. 그게 피아노든 글이든 결국엔 같은 이야기이다.

슈뢰딩거의 고양이야
삶과 죽음이
네 손 위에 있다고?

어쩌다 그리 힘든 임무를
그냥 쉽게 살지
고양이가 할 일은 아니잖아
쥐 잡는 고양이가 편하지
깨닫는 고양이보다는

슈뢰딩거의 고양이와 악수를 하다

김현,『책』

■

병을 얻으면 죽음에 대해 많이 생각하게 된다. 아니다. 오히려 회피한다. 입술에 올리는 것도 금기시한다. 스스로 언어에 빗장을 단단히 걸어 채워둔다. "더 무서운 것은 그런 것을 겁에 질려 바라다보는 내 마음"이라고 했던 김현처럼 나도 내 파란 마음을 들여다본다.

마지막 몇 년 동안 죽음의 예감에 시달리면서도 글로써 숨소리를 내었던 문학비평가. 그의 『책』을 보면서 그가 읽은 수많은 책의 제목과 작가, 문장을 생각한다. 글 속에서 그는 삶과 죽음의 세계와 거리를 두고 있다. 그 객관적이고 초연한 거리감에 나 또한 한 걸음 물러서서 보게 된다.

정말 그럴까 싶었다. 삶과 죽음이 서로 다른 두 상태

에서 동시에 존재한다니…. ‘슈뢰딩거의 고양이’로 표현되는 양자역학의 개념이다. 양자역학에서 ‘중첩’이란 공간 속에서만 가능한 이야기라고 한다.

삶과 죽음이 동시에 존재한다는 게 불가능한 이야기는 아닌 것 같다. 인간은 죽을 수밖에 없는 존재이지만 죽음에 모든 걸 빼앗기지는 않는다. 우리가 시간과 열정, 힘을 다해 사는 동안은 생生은 온전히 우리 것이 된다. 그렇지 못할 경우, 저 마지막 터널의 라인에 서서 싱긋 웃는 자, 죽음의 미소를 봐야 한다. 두렵냐고? 때로 그렇겠지만 나머지 날들마저 두려움에 바칠 생각은 없다. 나는 ‘생명의 삶’을 움켜쥐고 갈 것이다. 나머지 날들은 모두 내것이다.

인간은 하루는 이랬다가 하루는 저랬다가 하지만, 오히려 그런 파동으로 인생의 균형을 이룬다. 더러 변덕스럽고 줏대가 없는 것처럼 보일 수도 있다. 하지만 양과 음이 교대로 등장해 균형을 이루면서, 이 세상이 굴러가고 우주도 생성되어 나간다. 서로 반대되는 면이 있다는 점에서 시소와 비슷하다. 그 가운데에 있는 중심축이 바로 인간의 의지이며, 그 강하고 굳은 의지가 삶과 죽음을 동시에 사는 균형을 이뤄준다. 그 둘은 서로를 지극히 멀리

하면서도 가장 가깝게 지낸다. 하나가 늘어나면, 나머지 하나는 줄어든다. 그러나 총량은 누구에게나 같다. 어떻게 구성을 짤 지는 각자에게 달렸다.

어쨌든 마지막 도착지 이전의 모든 시간은 사람만의 소유이다. 이 약간은 탐욕스러운 말 '소유'가 생명력이 넘치는 아름다운 말로 들리는 걸 보니, 숨을 크게 쉬고 싶어진다. 기지개라도 크게 켜볼까.

슈뢰딩거의 고양이야, 너도 참 애쓴다. 나마저 널 걸고 넘어지다니. 실은 너로 인해 깨달아서야. 깨달음을 주는 고양이는 귀한 존재이지. 너를 주제로 글을 쓴 작가들도 많지. 나는 너를 만난 뒤로 그저 더 열정적으로 단순하게 살기로 결정했어. 죽음과 삶을 동시에 사는 방법을 계속 생각해 내면서…. 무엇보다도 심심치 않아서 좋구나.

자, 우리 악수나 하고 지내자.

말러의 오두막
르 꼬르뷔지에의 오두막
빅 픽처의 오두막
샐린저의 외딴 집
실스마리아의 니체의 방
얼음 위의 방 한 칸
제주 한라산 아래 방 한 칸
삼방산이 보이는 하얀 집의 방 한 칸
모리악의 허락된 한 달의 방

납작 엎디어
숨만 쉬자

나무도 조금씩 흔들린다

김민식, 『나무의 시-간』

나무를 모른다. 심히 모른다. 나무 이름도 못 외운다. 그 나무가 그 나무 같아 보인다. 졸참나무, 굴참나무, 참나무, 가문비나무, 자작나무, 뽕나무, 잣나무, 느티나무, 오동나무, 삼나무, 편백나무, 소나무 등 이름은 더러 알지만, 몇 개 빼고는 나에겐 그저 나무이다. 꽃이나 새도 마찬가지다.

일단 머리에 잘 들어오지를 않는데다가, 솔직히 별로 알고 싶지도 않다. 나는 그저 온갖 나무들이 다 좋을 뿐이다. 그거면 되는 거 아냐, 하고 혼자 외치지만 때론 뒤꼭지가 가렵다. 나는 이름이나 숫자를 외는 데 완전 젬병이다. 새파랗게 젊었을 때부터 그랬다. 어쩔 수 없는 일은 결국엔 받아들여야 한다는 것을 아주 오래전부터 알았다. 할 수 있는 이들에게 모두 넘긴다.

숲이 그립다. 불현듯 숲이 그리워져서 도망가고 싶다. 노트북 하나만 들고 숨고 싶다. 해가 뜨면 밥을 먹고, 숲에서 새들의 노래를 듣고 거닐다 밤이 시작되면 또 밥 한 공기를 먹은 뒤, 힘을 내어 글을 쓰다 잠드는 단순한 생활이 그립다. 도시의 각진 선이 신경 쓰이기 시작한다. 무의식 속의 내가 촉을 세운다. 또 다시 당하기 전에 내가 먼저 막아야 한다는 마음이 성급히 올라온다. 우선 SNS를 닫고 고요의 세계로 내려가고자 했지만, 삶의 촘촘한 그물망은 쉬이 나를 놓아주지 않는다. 가슴은 숲을 향해 나무를 바라보고 있는데, 나는 아직 도시 한복판에 서 있다.

내 얘기를 들은 독일 사는 지인 정자 님이 메시지를 보내왔다. "경은 씨 옆에 숲을 옮겨주고 싶어요. 수북이 쌓인 낙엽, 전혀 열릴 것 같지 않은 굳게 닫힌 적막하고 고요한 나무문, 몇 번의 전쟁이 할퀴고 간 흔적이 고스란히 남아 있는 폐물이 된 집, 본인이 쉬는 숨소리만이 유일하게 살아 있음을 느끼게 하는 고택까지. 가까이 있었다면 가끔 찾아와 내 곁에서 쉬라고 했을 텐데…."

독일은 멀다. 그래도 가고 싶다. 숲을 가진 그녀에게로 가고 싶다. 그녀의 숲 한가운데에 서서 한참을, 숲을 지그시 바라보고 싶다. 나무들 사이를 거닐며 베토벤의 음악이나 에바 캐서디의 노래를 들어도 좋겠지. 세상을 향해, 세상의 사람들의 마음을 만져주러 가기 전에 내 몸 안에 우선 나무를 들여놓아야 한다. 메말라가는 나의 몸 줄기에 나무의 수액을 수혈해주고 싶다. 숲을 가진 그녀가 웃는다. 해가 뜨면 진한 커피 한 잔과 간단하지만 우아한 아침을 차려 내올 그런 손을 가진, 그녀의 숲에 나는 오늘도 가고 싶다. 그녀, 깊은 숲.

『나무의 시—간』이란 책을 낸 김민식은 나무 전문가다. 아마도 그는 세상의 모든 나무를 다 만나볼 작정인가 싶었다. 나무에 대해 아무것도 모르는 나는 그가 경이롭다. 그는 나무 전문가인데다 인문학자다. 나무를 사랑하니, 그 터전인 땅을 보았을 테고, 그 땅의 사람들과 그들의 삶을 알아야 했을 것이다. 나는 그에게서 나무에 대한 성실함과 깊고 넓은 애정을 본다. 사랑보다는 이 말이 낫다. 거기에는 '끌림과 당김'이 들어있다. 사랑은 왠지 일방적인 느낌이 살짝 있는데, 애정은 몸과 마음의 '기울임'이 있다. 남녀 간에도 이 말이 더 정이 깊게 느껴진다. 나는 나무에 관한 모든 권리를 이 분께 다 드릴 작정이다.

그가 추천한 아름다운 소설, 마쓰이에 마사시의 『여름은 오래 그곳에 남아』를 읽었다. '화산 자락에서'라는 원제목을 저토록 아름다운 말로 번역하다니…. 김춘미. 그녀의 이름을 기억해야겠다. 미시마 유키오의 『문장독본』에는 번역가의 작업 방식에 대해 날카롭게 쓴 짧은 대목이 있다. 남의 작품을 자신의 개성적인 색채로 물들여 마치 자기 것인 듯 하는 번역가와 원문이 가진 분위기, 원문의 독창성을 하나라도 더 표현해내고자 하는 번역가가 있다고 했는데, 나는 여기에 덧붙여 책을 살리는 번역을 하는 세 번째 유형이 있다고 말하고 싶다. 바로 이 제목처럼….

건축학이 중심이 되는 이 소설에도 나무 이야기는 많이 나온다. 천장에는 낙엽송, 바닥에는 노송나무, 예배당 문은 벚나무 등등. 나무 이름을 제대로 달고 문장을 쓰니 좀 구체적으로 보이고, 연구도 한 것 같고, 신뢰성이 생긴다고 생각하면서도, 나는 여름은 오래 그곳에 남아 무엇을 했을까 하는 생각에 빠져든다. 제목이 자꾸 내 안의 생각을 건드린다. 내게 오래 남아 있는 여름은 뭐가 있을까 상상한다. 이번에도 역시 나무 이름을 알긴 틀렸다. 내 정신은 약간 옆으로 삐치는 경향이 있다. 때론 미친 듯이. 이번엔 저 제목이다.

> 오래 그곳에 남아 있을, 나의 여름.
> 깊은 숲, 오랫동안 바라볼 그곳.
> 생각이 넘쳐, 마음살이 난다.

우리는 잔다.
잊으려고, 잊히려고.

낮잠 끔뻑, 자고 나서
기지개 한번 크게 켜고
먼 산을 바라본다.

이 모든 게 한갓
꿈이었으면.

어느 돌 위에서 낮잠을 자다

최지인, 『나는 벽에 붙어 잤다』

"이놈의 집구석 넌더리가 난다고 했던 주말 오후에는, 아무 일도 없었다. 이불을 뒤집어쓰고 끝나기만 기다렸다. 어머니가 울음을 터트렸고, 나는 귀를 막았다."

〈1995년 여름〉이라는 이승윤의 노래다. 『나는 벽에 붙어 잤다』라는 시집을 낸 최지인 시인의 시를 빌어 쓴 곡이다. 작년 여름, 이 노래를 하루 종일 들었다. 노래 가사가 심상치 않아 좋았다. 게다가 시집 제목이 단박에 내 눈을 끌어당겼다.

벽에 붙어 자는 '나'는 누구인가. 그 심정이 오죽하랴 싶다. 아버지와 둘이 살면서 잠 잘 때 조금만 움직이면, 아버지의 살이 닿는 방, 그리고 사방이 벽. 아버지는 그런 수많은 벽들을 오함마로 깨부수는 일을 하고, 나는 여전히 비정규직. 그레고리 잠자처럼 벽에 붙어 잘 수밖에 없는 그의 마음에 내 마음 끝이 닿았다.

시인 최지인은 2019년 11월 24 오후 6시, 배다리 삼거리 인천 양조장 이층에서 시 〈1995년 여름〉을 낭독하다가 울었다. 너무 서럽게 울어서 울음이 그치기를 기다릴 수밖에 없었다고 '무명가수 30호'란 별명을 가진 이승윤은 그의 앨범 소개 글에 적었다.

> 자기 시를 낭독하다가, 서럽게 우는 시인. 어쩔거나. 나는 그 마음을 주워 내 손에 담아본다. 그가 울었는데 내가 아프다.

서로 친구라는 두 사람. 그 삶의 냄새가 슬프지만 슬프지 않다. 아픈데, 아름답다.

젊은 엄마는 고왔다. 어느 날, 학교를 가야 하는데 아침밥을 주지 않았다.

—밥은?
—쌀이 없어. 다 떨어졌어. 미안….

—아유, 배고픈데….

—(미안해하는 젊은 엄마를 쳐다보며) 걱정 마. 내가 내일 생활비 타러 갈게.

—(감정 삼키며/ 가방 들고) 나 학교 간다.

라디오 드라마 작가를 KBS에서 10년 했다. 젊은 엄마는 어떤 성우가 할까. PD가 잘 고르겠지. 삶의 슬픈 냄새를 잘 얹어주는 성우가 해야 할 텐데, 라고 상상해본다. 한 씬이지만 방송될 리 없는 상상의 대본에 나는 잠시 머리를 쓴다. 생각만으로도 눈가가 후끈댄다. 쓸데없는 짓, 또 하고 있군.

실제의 젊은 엄마는 서른아홉에서 마흔으로 넘어가는 나이였던 것 같다. 난 그 나이에 뭐를 했더라. 아들 둘을 낳았고, 초등학교를 보내며 학부모들과 재미나게 지내는 중이었고, 남편은 열심히 회사를 다녔고, 서로 사랑을 실컷 했고, 웃는 날이 훨씬 많았다. 나의 젊은 엄마는 고만고만한 아이 셋을 데리고 혼자 살았고, 한숨 쉬는 날이 더 많았으며, 남편은 다른 누군가를 위해 열심히 일하고 사랑했다.

한때 보수동 최고 미인이었던 미모는 아무짝에도 소

용없게 돼버렸지만, 젊은 엄마는 고와서 좋았다. 애 셋만 안 딸렸으면 금방이라도 구혼자들이 줄을 설 정도로 고왔다. 하지만 살림은 잘 못했던 것 같다. 학교 가는 애 굶겨서 보내는 걸 보면 다 알 수 있다. 주머니에 생활비가 남아 있으면, 행당동 고만고만한 상점들이 있는 언덕길에서 짜장면도 사 먹고, 자잘한 물건들도 사서 들고 오면서 환하게 웃던 그 철없던 젊은 엄마. 그 철없음으로 멋모르고 살았을, 모른척하고 살았던 그 두 눈동자에 담긴 외로운 마음을 어떻게 지워주나. 사라져버린 아깝도록 젊은 나이를 어디에서 주워 와 손에 담아주나. 세상에서 가장 아름다운 것들을 구해 눈앞에 대어줄까. 최고의 사랑을 데려와줄까.

노래와 달리 젊은 엄마는 울음을 터트리지 않아 귀를 틀어막을 일이 없어서 다행이라고만 생각했었는데. 그런데 어느새 저 망각의 다리를 건너, 저편에서 그 고운 얼굴로 웃고 있다. 울지 않아서, 내가 아팠다.

나의 젊은 엄마는 너무 젊었다. 무지하게 아름다워서 질투가 일생을 따라붙었다.

쓰지 못하는 글을 바라보는 작가의 심정은 착잡하다. 명색이 방송작가이면서 저 아픔과 아름다움을 결국 한

씬도 쓰질 못했다. 앞으로도 쓰지 못할 것이다. 그건 다 상상이고, 꿈이고, 한갓 인생의 헛된 환상이어야만 하니까. 현실이 아니라 반드시 꿈이어야만 하니까. 꿈일지언정 그대로 적어야 할까. 내 목에 걸려 있는 언어들을 햇빛 속에 잠시 내걸어야 할까.

눈을 감고, 잠을 잔다.

제주도 돌 박물관, 어느 돌 위에서 낮잠을 잔다.

햇빛을 잔뜩 받아 따스해진 돌 속으로, 시공간이 벼락같이 이동을 한다.

내 눈 앞에 젊은 엄마가 손을 내밀고 웃고 서 있다.

가끔 혼자서 제주도에 가고 싶다.

그 돌 위에 누워, 다시, 만져보고 싶다.

나의 젊은 엄마.

프로망탱 카페에 침묵이 산대
말을 안 해도 되는 카페로군
침묵하고 싶은 사람들이 오겠지
소리가 하나도 안 들려
근데 침묵이 좋아할까?
모두 입을 꽉 다물고 있으니
심심하겠지 뭘
대신 홀로 생각에 빠질 수 있지

침묵에 대한 세 가지 시선

조제 렌지니, 『카뮈의 마지막 날들』

프로망탱 카페에 가면 '침묵'할 수 있다는데, 침묵도 하나의 표현방식이긴 하다. 하지만 카뮈의 귀머거리 어머니처럼 침묵할 수밖에 없어서 침묵하는 것은 서글프다. 때로는 전화라든가 얼굴을 맞댐으로써 잠시 침묵을 깰 수 있지만, 들리지 않고 말하지 못하는 세계에서 침묵은 고통이다. 게다가 이 세상에 더 이상 존재하지 않는 '부재'에서 오는 침묵은 감당키 어렵다.

카뮈는 잠이 오지 않는 밤에 어머니의 숨소리를 듣고 싶어 한다. 자기도 어머니의 숨소리에 맞춰 숨을 쉬다가 쉽게 잠들고 싶다. 어머니는 어차피 전화벨 소리도 못 들을 거라며 전화기 사기를 거절한다. 그는 늘 어머니에 대한 걱정과 두려움으로 잠을 설친다.

알베르! 마흔일곱 살! 그렇게 집에서 멀리 떨어진 곳에서, 운명처럼 죽음의 손을 잡고 영원한 침묵 위에 덜컥 눕다니. 아직은 침묵할 때가 아닌데…. 침묵이 안식과 평화를 준다고, 그 작은 카페 프로망탱을 그리 좋아하더니. 한 번도 생각지 못한 어머니의 급작스런 세상 밖 여행은 순식간에 영원으로 이어졌다. 돌아올 차를 영영 타지 못했다. 아침마다 11시면 전화를 하셨다. 아침잠이 많은 딸을 배려한 시간이다. 이제는 아침 일찍 해도 되는데, 전화벨은 절대 울리지 않는다. "일어났니?" 하는 목소리가 듣고 싶다. 그 목소리는 하루를 시작하는 신호 같았다. 이제는 어디에서 하루를 시작해야 할까. 나의 아침은 더이상 규칙적이지 않다. 시도 때도 없이 자고 깨어난다. 11시를 맞출 필요가 없다. 목소리가 완전히 사라졌으므로.

침묵은 침묵하기 바로 직전까지 소통이 잘되는 곳에 있었기에 침묵할 수 있다. 그곳에서는 가끔 침묵을 그리워한다고도 들었다. 너무 말이 많고 소음이 많아서. 침묵은 그런 공간에서는 쉬운 말이지만, 완전히 닫힌 공간에서는 절망이다. 한쪽이 미치게 말을 하고 싶은 데, 다른 한편이 절대적인 침묵으로 응한다면 그건 신호이다. 완전한 결별의 신호. 나는 엄마와 10년도 전에 기가 막히도록 매정하게 완전히 결별했고, 더이상 "일어났니?" 하는 목소리를 들을 수 없고, 강제로 침묵을 강요당했다. 두 사람 모두에게 침묵은 고통의 깊은 강물이다. 침묵을, 부셔버리고 싶다. 밝은 태양 아래에서.

카뮈는 어머니와의 관계에 대해 '이상하고도 서글픈 관계'라고 했다. 오늘 나는 엄마와 내 관계를 이렇게 표현한다. '서글퍼서 가슴에 멍을 하나씩 나눠 가진 사이.'

우리는
어머니가 있어 등허리가 뜨뜻했고,
웃었고, 울었다.
그리고 둘 다 빚을 졌다.
우리의 뿌리에게.

세상의 어떤 말로도
입을 열지 못하는
거칠고 투박한, 그런
긴 침묵.

그는
푸른 바다를 보며
푸른 울음을 울고 있었다.
나는 말없이 배를 탔다.

그는
붉은 바다를 보며
붉은 울음을 울고 있었다.
나는 아직도, 하며 배에서 내렸다.

우리는 한 병의 소주를
말없이 나눠 마시면서
붉게 물들다 사라져가는 하늘을
마냥 바라보았다.
넘어가는 해는 아팠고
그의 얼굴은 더 붉었다.

서로 등 한번 쓸어내려주고
제 갈 길을 갔다.
그들 뒤로 해가 넘어가고
이내, 어두운 밤이 되었다.

붉게, 울다

곽재구, 『포구기행』 『신 포구기행』

2013년, 그의 『포구기행』을 읽었다. 화진, 지세포, 어청도, 삼천포, 사계포, 조천, 장항 등 불빛이 깜박거리는 작은 포구 마을들로 데려다주었다. 지명만으로도 가보고 싶은 곳이지만, 가지 못하는 마음을 시인 곽재구의 글을 따라 함께 돌아다녔다. '해 뜨는 마을 해 지는 마을의 여행자'가 책의 부제였다.

2023년 새해 첫날, 그의 『新 포구기행』을 다시 읽었다. 와온, 묵호, 구강포, 벽련포, 넙도, 격포, 송이도, 욕지도 자부포 등에서 아침이면 떠났다가 저녁이 되면 돌아오는 배들을 반기는 포구들. 작은 등불을 켜서 마을의 존재를 희미하게나마 알리는 포구의 식구들의 이야기를 읽으며,

떠나고 싶어졌다. 이제 걸릴 게 없는 단출한 살림이니 마음만 먹으면 떠날 수도 있겠다. 이번 책의 부제는 '당신을 사랑할 수 있어 참 좋았다'이다. 한 작가의 똑같은 책을 10년 후에 다시 읽으니 이상한 기분이 든다. 과거 속 '젊은 이경은'이 열광했던 부분과 나이든 뒤에 천천히 읽고 있는 '나'는 참으로 다르다. 존재가 판이한 인물이다. 느낌도 좋아하는 페이지도, 맘에 드는 포구도 글도 똑같지 않다. 허긴 똑같아서야 되겠나. 사는 시간이 달라졌는데.

달라진 부제목에서 작가의 마음이 예전과 다르게 움직인 모습이 느껴진다. 뭔지 몰라도 젊은 객기 같은 멋 부림에서 좀더 깊고 진실한 사람의 냄새가 난다고나 할까. "당신을 사랑할 수 있어 참 좋았다"는 말은 사랑한 그 자체가 좋다는 말이기도 하지만, '고맙다'는 말이 더 진하게 느껴진다. 당사자뿐만 아니라 세상에 대해서도 진심으로 감사하는 마음을 말하지 않아도 알겠다. 책을 읽다가 문득, 멈췄다. 곽재구의 시 〈백야도〉 중에서 "이른 아침 섬마을 여객선 터미널에서 홀로 우는 사람을 보았다"에 눈이 머물러 움직여지질 않았다. 그는 홀로 우는 사람은 "자신의 가슴속 가장 깊은 슬픔과 대화를 하는 중"이며, "자신을 가장 사랑하는 신의 이름이 자기 자신"이라고 해서, 나는 그런가 생각하며 눈을 감았다.

나이가 들어서일까. 글을 쓰면서 우는 일이 더러 있다. 아마도 슬픈 음악 때문인지도 모른다. 내 안의 소리에 깊숙이 귀를 기울이다보니 감정이 극도로 예민해지고, 손가락 끝만 닿아도 꽃봉오리처럼 터진다. 내 안의 지우지 못한 슬픔은 무엇인가. 지금 내 손에 살짝 쥐고 있는 싱싱한 생명들도 결국은 퇴색해지고 사라질 거라는 말은 지루하다. 그건 너무 들어 귀에 못이 박혀 이젠 도리어 빼고 싶은 심정이다.

블루투스 스피커에서 나오는 피아노 소리가 내밀하게 나를 감싸고 흐른다. 지금 흐르는 눈물이 내 몸 전체를 순환하며 돌고 돌다 어디에서 멈출지는 나도 모른다. 그 착륙지점이 글을 쓰는 중간이면 이건 대책이 없다. 그냥 우는 수밖에는. 글에도 분명 영향을 미친다. 가슴이 떨리며 쓴 글이라서 읽을 때마다 누선淚腺이 건드려진다. 누선이 가슴의 끝을 부여잡고 놓지 않는지, 그도 아니면 둘이서 서로 징허게 끌어안고 있는지 알 수 없다. 여기에 음악이 한가닥 확실히 거든다. 내 삶의 배경인 음악이 내 글까지 들어와 있다. 나는 물론 기꺼이 환영한다. 음악이 없는 삶의 배경을 생각해본 적이 없다. 악기가 없으면 내 목소리라도 불러내야 한다.

"저 그림 떼면 좋겠어." 베르나르 뷔페의 그림이다. 그가 파킨슨병으로 끝내는 스스로 생을 마감한 사연을 듣더니 마음이 꺼림찍한 모양이다. 집 안에 두긴 그렇겠지. 아나벨과 멋진 사랑을 하던, 근사하게 생긴 남자인데 아깝다. 꼭 그렇게까지 해야겠지. 당사자인 내가 이해하자.

2년여를 파킨슨병에 시달리다, 1953년 보스턴 쉐라톤 호텔 401호에서 65세의 나이로 세상을 떠난 유진 오닐. 호텔방에서 태어나 호텔방에서 죽은 그의 '밤으로의 긴 여로'는 그렇게 끝이 난건가. 그 마지막 밤이 어떠하더냐고 만나서 한번 물어보고 싶다. 알콜 중독자였던 아버지와 모르핀 중독에 시달린 어머니, 거기에 더해 우울증이 얹혀진 알콜 중독으로 고통을 받던 그의 날카로운 두 눈에서, 나는 세상에 대한 냉담과 우울이 느껴진다.

하지만 내게 이미 그것은 슬픔은 아니다. 그건 그저 하나의 병명일 뿐이다. 신이 내게는 파킨슨 씨를 만나 삶을 잘 거쳐 오라는 티켓을 손에 쥐여준 것이고, 나는 그 신호를 눈치 채면 되는 것이다. 걱정 마시게. 이미 알아챘으니….

홀로 우는 사람은 참으로 외롭고 슬플 것이다. 외롭고 슬퍼서 우는 건지, 외로워서 우는 건지, 슬퍼서 우는 건지 알 수 없지만. 어쨌든 삶이, 이 세상이, 이 세상 사람들이 울게 했겠지.

그런 남자 하나를 기억한다. 2002년 9월 15일 'KBS 무대'에서 방송된, 나의 작품 〈모로코의 깊고 푸른 밤〉의 주인공 허종만이라는 인물이다. 첫사랑에 실패하고, 뜻하지 않은 사건으로 모로코의 훼스 골목길에서 지쳐 쓰러진 남자. 세계의 유명 지리학자들이 현대적 기기들을 모두 동원해서 이 미로를 지도로 만들려고 했지만 실패했다는, 그 육지 속에 숨겨진 섬 훼스에서 그는 죽음 직전에 겨우 구해진다.

　한국인 가이드 마누엘에게 털어놓는 그의 사랑은 지독하게 비극적인 만큼 끝내는 아름다웠다. 그때 라디오 드라마 마지막 내레이션에서, 나는 "사랑에도 제각각의 운명이 있다. 때때로 인간의 위대한 사랑은 그 굴레를 송두리째 풀어버리는 대역전극을 준비한다. 마치 신의 아름다운 선물처럼…."이라고 썼다. 40대의 나는 사랑을 그렇게 생각했나 보다. 그래, 참으로 좋은 나이를 지나고 있었구나. 그땐 몰랐지만. 20년 전에 내가 책상 위에 앉아 구닥다리 큰 컴퓨터로 썼다는 게 왠지 낯설고 어색하다. 시간이 어디로 다 스며든 걸까. 극본을 프린트해서 다시 보니 새삼스러워서 손가락으로 종이를 쓰다듬었다. 손가락에 글자들이 달라붙기라도 하는 것처럼….

스페인과 모로코 여행에서 만난 멜랑콜리한 분위기의 가이드 조르디는 이 드라마의 소재가 된 실제 이야기를 해주었고, 나는 훼스 골목에 쓰러진 한 남자로부터 이야기를 시작했다. 많은 이야기 중에서도 그 한 장면이 나를 글로 이끌었고, 결국 전파를 탔다.

조르디는 몇 년 뒤 교통사고로 죽었다. 그가 했던 말이 아직도 귀에 쟁쟁하다.

"우리 와이프가 자동차 광인데 미친듯이 운전해요. 아마 저는…."

뭐 하러 그런 불길한 말을 했는지. 운명을 조금이라도 예측한 거라면 피했어야지. 자기네 부부의 러브 스토리만으로도 책이 한 권이겠건만, 보란 듯 잘살지 않고 맥없이 떠나다니. 우리의 첫 해외여행의 첫 가이드였다. '첫'자 들어간 건 절대 못 잊는다.

백야도 포구에서 울던 한 남자와 저 머나먼 모로코의

탕헤르 바다를 보며 그래도 사랑만을 믿던 두 남자의 이야기가 그야말로 전설처럼 떠다닌다.

그걸 골랐어?

그걸 골랐어

그걸 골랐구나

그걸 고르다니

그걸 고를 줄 몰랐어

선택은 자유다

선택은 운명을 좌우한다

선택은 늘 결전이다

선택은 최후의 순간의 극대점

선택하는 인간의 괴로움

니콜라스 스파크스, 『The Choice』

■

후배가 전화를 했다. "같이 책 좀 읽어요. 영어로 된 책들. 집안에 사다가 처박아 둔 영어소설들, 다 읽어서 치워버리자구요."

그 한 통의 전화로 우리는 일주일에 두 번씩, 아침 8시부터 한 시간 정도 소리를 내어 읽기 시작했다. 조건이라고는 단 하나. '절대 예습 금지'이다. 예습이나 복습하기 시작하면 지쳐서 계속하기 어렵다는 게 우리의 생각이다. 읽다가 같은 단어가 계속해서 몇 번 나오면 찾아보긴 한다. 금세 잊어버리지만. 그래도 어찌어찌 해서 한 권을 다 읽었다. 6개월쯤 걸렸다. 둘 다 바빠서 빼먹고 건너뛰고, 잠에서 깨어나지 못해 하지 못한 날들이 더 많았다. 그런데 이상한 것은 책을 읽기 시작한 뒤로 글이 이미지로 보인다는 사실이다. 뭉텅이로 문장들이 들어온다. 모르든 알든 쉽게 느껴진다. 그보다 더 좋은 것은 두려움이 없어졌다는 사실이다. 게다가 이상하게도 소리 내어 읽으면 기운이 빠질 것 같은데, 에너지가 더 많아진다.

후배와 함께 읽어치운 첫 책 『The Choice』처럼 영화로도 나와 있지만, 책을 읽으면 전체적인 상황을 이해하는 데 도움이 된다. 주인공 각자의 내면이 책 속에는 좀더 자세하게 드러나 있다. 하지만 영화가 그런 내면을 형성한 양쪽 부모님들의 대립되는 사고방식 같은 것을 다 반영하리라고 기대하기는 어렵다. 그저 로맨틱 코드로만 만들었구나 싶어서 볼 때는 재밌게 봤는데도, 책을 읽자 뒤늦게 아쉬움이 느껴졌다.

부부가 멋진 저녁을 먹기로 한 날, 여자주인공이 교통사고로 코마 상태가 되고, 시간은 대책 없이 흘러가고, 곁에 있는 모두는 이제 그만 해야 하는 거 아니냐고 말없는 신호를 보낸다. 그러나 남편은 최후의 선택을 계속 보류한다. 저렇게 눈앞에서 숨을 쉬고 있는 아내의 호흡기를 뗄 수 없다는 것이다.

그는 선택을 거부한다. 아내의 목숨을 정지해야 하

는 일에, 동조할 수 없다. 아무리 현실적인 문제들로 고민이 되더라도 그건 할 수 없다. 나는 그런 그가 싫지 않았다. 죽음마저도 너무 반짝거리는 것은 싫다. 끝까지 사랑을 놓지 않는 남편의 모습은 감동이다. 결국, 남편의 선택 불능으로 아내는 코마의 상태에서 벗어났으며, 가족이 다시 행복을 이룬다. 저렇게 살아나는 아내를 미리 호흡기를 떼었다면, 만약 그런 과정을 나중에 영화처럼 보게 된다면 미칠 것이다. 생명을 미리 삭제시켜 버리는 선택, 을 할 뻔했다.

제목이나 주제가 조금 직접적이고, 약간 쓸데없는 부분이나 느린 전개에 질릴 뻔했지만, 우리는 무딘 편이라 그냥 읽어나갔다. 뜻을 다 몰라도, 입 안에서 굴려지는 언어의 소리들에 이내 행복해진다. 나는 언어를 좋아하는 여자이고, 후배는 책을 좋아하는 여자이다. 두 사람이 만나서 영어책을 읽는 모임을 하면서 정신적인 공감대는 형성되었지만, 유대감이 높아졌는지는 모르겠다. 둘 다 까칠한 편이라서.

나이가 들어서 좋은 점의 하나는 선택의 경우가 절대적으로 줄었다는 점이다. 젊을 때에는 왜 그렇게 선택해야 될 게 많은지. 학교부터 시작해서, 전공, 취직, 남자, 결혼, 출산 등등 눈앞에 한 가득인 선택지 앞에 매번 질리곤 했다. 어서어서 늙어서 다 끝났으면 좋겠다고 생각했다. 프루스트의 '가지 않은 길'은 나를 늘상 뒤돌아보게 했으며, 괜한 미련으로 망설이게 만들었다.

내 마음속에 가장 좋은 선택을 해야겠다는 욕망이 있었을까. 아니면 뭐든 대충 뽑아서 얼른 인생의 과정들이 지나가길 바랐었나. 뭐 특별한 기억이 나진 않는다. 그저 그랬나 보다. 그만하면 적당해, 라는 생각을 했던 것 같다. 꼭 제일 좋은 걸 뽑아보겠다는 쓸데없는 욕심에 휘둘리지 않아서 다행이다. 그런 방향으로 애를 쓰기 시작하면 인생이 힘들어진다. 그 굴레에서 벗어나지 못할 테니 말이다.

하나의 선택으로 인생이 달라질 수 있다고는 하지만, 결국에 보면 어떤 큰 그림 안의 작은 선택들이다. 운명예정설을 믿는 건 아니지만, 지나고 보니 이런 선택 저런 선택이 모이고 이어져서 큰 그림이 그려져 있었다.

이제 내겐 선택의 카드가 많지 않은 단순한 삶이 남겨져 있다. 그래도 단순함을 열정으로 채운다. 책을 읽고 쓰는 삶을 나는 기꺼이 선택한다. 눈이 어두워지기 전 읽어야 할 책들이 곁에 가득이다. 무얼 선택해서 채우든 다만 근사했으면 좋겠다.

나는 비밀을 갖고 있다
늘
어디에서도 꺼내놓지 않는다
비밀은 그래서
비밀이다
꺼내는 순간
바람처럼 사라진다

나의 비밀은
책의 행간 사이사이로
스며들어 있다
찾아내는 것은
보는 이의 몫이다

아무도 모르는 비밀이 있다
나에게는

비밀의 방

마쓰모토 세이초, 『어느 「고쿠라 일기」 전』

비밀이 나를 쓰게 한다. 나만이 아는, 나만이 느끼는, 나만이 만난, 나만이 본 세상의 모든 것….

예술은 어쩌면 각 개인들의 비밀스러운 비밀의 향연일지도 모른다. 우리는 그들의 예술작품을 통해 그 비밀의 통로로 들어간다. 비밀은 신비함이란 베일을 한 겹 쓰고 있다. 그 베일이 슬쩍 보여 속살이 드러날 때도 있지만, 몸을 거의 가리기도 한다. 드러냄과 감춤을 동시에 갖고 있는 언어.

여성문학회 주최의 어느 여행 중 마지막으로 들른 곳이 일본 미스터리 문학의 대가인 마쓰모토 세이초松本清張 기념관이었다. 나는 어마하게 큰 서재에 비해 말러의 오두막이나 르 꼬르뷔지에의 오두막 같은, 아니 운수회사의 사무실 같은 작업실이 눈에 들어왔다. 노동의 현장이다. 글을 쓴다는 것은 정신적 사치가 아니라 지독한 노동이고 처절한 현실이라는 것을 날것 그대로 보여주는 집필실. 나는 그를 모른다. 처음 듣는 이름이다. 그를 모르고도 여태껏 잘 살았다. 계속해서 몰라도 상관없지만, 나는 집에 돌아와 그를 독파하기 시작했다. 뜨거운 여름이 시작되고 있었고, 그의 책은 숨 막히리만치 잘 읽혔다. 독한 작가라는 생각이 들었다. 그 많은 책을 쓴 것도 그렇지만, 사람의 심리를 무섭게 꿰뚫고 있는 그가 무서웠다.

그런 작품의 최고봉이 내게는 바로 『어느 「고쿠라 일기」전』에 나오는 「청색 단층」이다. 그 방. 그 무자비한 비밀의 방. 예술에 대한 새롭고 단순한 감각으로 그렸지만, 그림 그리는 생 초짜 화가인 그에게는 아무 힘이 없다. 미래에 대한 걱정과 두려움, 예술에 대한 불안만이 있다. 미술상은 그의 신선한 구성과 주제성을 한눈에 알아본다. 저 시골 온천장에서 새로운 소재나 주제가 떠오르지 않아 창작의 손길이 얼어붙은 대화가에게 싼 값에 구입한 그의 그림을 건넨다. 대화가는 거기서 아이디어를 얻어 대작을 완성한다. 위대한 예술이 그렇게 창작되고 있었다. 남의 아이디어와 영혼을 훔쳐 단지 기술만으로 자기

작품으로 둔갑시킨 대화가의 교활함에 "예술은 쓰레기" 라고 외치고 싶지만 아무 일도 일어나지 않는다. 결코. 늘 그렇듯이.

어찌 보면 단순한 스토리인데 소름 돋게 표현해 내었다. 자기의 예술의 영혼을 밑바닥까지 빨아먹은 줄도 모르고, 그 방에 유명 화가가 잤던 방이라고 좋아하는 그 젊은 화가를 보며 등허리가 서늘했다. 온몸에 소름의 비늘이 돋았다. 만약 그의 그림을 매일매일 갉아먹는 대화가의 모습을 영화처럼 볼 수 있다면, 얼마나 끔찍할까.

그런 일이 저 이야기 속에만 있을까. 우리는 또 어떤 비밀 속에서 살고 있는지. 나도 모르는 비밀의 동굴에서, 두 눈으로 밖을 내다볼 수 있을까. 우주라는 커다란 비밀의 거미줄에 걸려 버둥대는 내 모습, 영혼이 갈갈이 찢기는 줄도 모르고 웃고 있을 나 자신을 보게 된다면 기분이 어떨까.

뜨거운 여름이 한 가운데를 지나가고 있었다. 나는 그 여름 내내 얇은 스웨터를 벗지 못했다. 비밀의 방. 비밀이 탄생한 그 무서운 방을 떠올리며, 나는 처음으로 비밀의 세계에서 뛰쳐나오고 싶어졌다.

사람의 마음에 귀를
기울일 수 없어
목소리를 담는다

커다란 자줏빛 도자그릇에
희미한 목소리
베일에 가려진 목소리
음악이 있는 목소리
밝은 목소리
어두운 목소리
기 센 목소리
부드러운 목소리
사랑의 목소리
슬픈 목소리
거친 목소리

목소리가 음악이고
음악이 목소리이다
얼굴보다 개성 있는
목소리의 얼굴

말을 담는 그릇, 목소리

나탈리 레제, 『사뮈엘 베케트의 말 없는 삶』

■

나도 짐작은 했다. 그의 목소리가 그럴 것이라고. 외모에서 풍기는 느낌과 목소리가 딱 맞아 떨어지는 경우는 드물지만, 그에게는 그 목소리 말고는 어울릴 게 없을 것 같았다.

> "느린 편이었죠. 말소리는 크지 않았고, 낮았죠. 그 안에 뭔가 '금속성'을 띤 음성이었지요. 굉장히 오랫동안 침묵하곤 했죠."
> "희미한 목소리. 살짝 베일로 가려진 듯한. 깊은 데서 나는 것 같은 목소리."
>
> -나탈리 레제, 『사뮈엘 베케트의 말 없는 삶』, 김예령 옮김, 워크룸프레스, 2014, 124쪽.

나는 무엇보다도 저 '금속성'에 동감했다. 목소리 중간중간에 엇질러 넣는 금속성의 목소리 조각이야말로 베케트답다. 게다가 더블린 중산층이 쓰는 꺼칠꺼칠한 더블린 액센트를 구사했다니 그야말로 쩍, 이다. 내가 책을 통해서 아는 '그'라는 땅에서는.

나탈리 레제의 『사뮈엘 베케트의 말 없는 삶』은 자서전이라기보다는 사뮈엘 베케트라는 '한 인간에 대한 한 편의 산문'이라고 편집자들은 명명한다. 그렇게 보는 그들이 무척 미덥다. 말 한마디에도 내공은 묻어난다.

책 안에 담긴 많은 이야기들 중에서 나는 맨 뒤에 총정리 차원으로 엮은 '그의 목소리'에 대한 인터뷰가 맘에 들었다. 깊은 곳에서 울려 나올 것 같은 목소리를 묘사하는 이 인터뷰는 베케트의 캐릭터를 단번에 보여준다. 나머지 내용이야 다른 책과 다를 게 없다.

목소리란 단지 소리일수도 있지만, 한 사람의 모든 개성이 그 안에 담겨 있다. 돌아다닐 때마다 사방에서 묻어나온다. 그 소리는 내면의 '울림'을 품고 있다. 육체이든 정신이든 울림은 그곳에서 흘러나온다. 목소리란 '귀를 기울인다'는 아름다운 언어를 제 쪽에 세운다.

막스 피카르트는 말년에 완성한 『인간과 말』에서 목소리가 인간에게 매달린 부속품 이상의 의미가 있다고 말한다. 나도 목소리에 대해 쓰고 있지만, 사실 거기까지는 생각지 못했다. 그의 표현 수위는 갈수록 높아진다.

> 얼굴도 즉각적인 파악의 수단이지만, 목소리는 그 자체가 신호, 가장 전면에 있는 일차적인 신호이다.
>
> -막스 피카르트, 『인간과 말』, 배수아 옮김, 봄날의 책, 2013, 197쪽.

말을 아름답게 하는 사람들을 보면 입안에서 음악이 굴러다니는 소리가 들리는 것 같다. 이태리어로 사회를 보는 목소리를 들어보면, 이게 목소리에서 나온 말인지 음악인지 모를 정도이다. 똑같은 언어로 된 말인데도, 각기 사람들의 목소리에서 체로 걸러지거나 다듬어져 '개성'이라는 그릇에 담긴다. 독특한 목소리는 독특한 캐릭터를 만든다. 막스 피카르트는 이런 목소리에 대한 아름다운 말을 우리들에게 남겨두었다.

> 음악은 목소리를, 모든 목소리의 울림을, 최초의 인간이 목소리를 내었던 태초의 시간으로 인도하려는 시도가 아

닐까. 인간의 모든 목소리는 음악 속에 숨겨져 있다.

-위의 책, 202쪽.

내 목소리는 밝은 편이다. 힘이 있고 에너지가 느껴진다는 소리를 많이 듣는다. 하지만 녹음이 된 것을 들으면 낯설다. 내가 생각하는 그런 목소리가 아닌 낯선 여자의 목소리이다. 그 낯선 여자의 목소리로 나는 세상을 만나고, 사람을 만난다. 다정할 때도 있고 샐쭉하거나 화가 난 목소리를 낼 때도 있지만, 내 목소리는 늘 웃음이 담긴 쪽이다. 사람들이 내 목소리에 기운이 나고, 기분이 좋아진다는 말에 나도 기운을 얻는다.

내 목소리 중 가장 멋진 목소리는 강의할 때 나온다. 한참 신이 나서 강의를 하면 목소리에 저 우주의 기운이라도 들어오기라도 하는듯, 내 안에서 온갖 음악이 연주를 한다. 말이 빨라지고, 힘이 넘치고, 긍정적인 에너지가 내 몸과 마음으로 마구 쏟아져 들어와 순환되는 게 느껴진다.

아, 그럴 때 나는 행복하다. 가르치는 나의 목소리에는 '사랑'이 절로 담겨지고, 학생들의 반응이 좋으면 감정은 점점 고조되어 정수리 끝까지 올라간다. 서로의 눈을 바라보며 문학에 대한, 언어와 문장, 글 속에 담긴 사유와 느낌을 이야기하고, 마지막으로 선생으로서의 한 수를 탁, 치면 삶의 생명수가 발가락부터 차오르는 게 보인다. 근사한 심포니 공연을 마친 기분이다. 매력적인 인생의 창문이 열리고, 삶이 반짝이는 순간에 목소리는 음악처럼 선율을 탄다. 마침내 고요한 세계로 목소리가 내려온다.

말없는 삶을 살았던 베케트의 금속성 나는 깊은 목소리가 듣고 싶다. 그리고 오랫동안 침묵하는 그의 말없음의 목소리를.

에덴의 동쪽
그 동네, 놋 땅.
피해서 달아난 사람들이
살았던 그곳.

사랑의 완성이
에덴이라고 믿을 때도 있었는데
사랑, 성스러운 사랑은
의심의 두 눈에 벗겨진다.
고결한 사랑은
형식과 두려움으로 묶고
고상함으로 위장한다.
천박한 쓰레기를
절망적으로 쳐다본다.
어느 날, 나는.

어디 있을까.
결국 암흑 속.
에덴을 찾아
발을 버둥거리지만.

당신들의 에덴을 위하여

잭 런던, 『마틴 에덴』

「종소리」에 5달러…. 5천 단어에 5달러라니!

한 단어에 2센트 대신에, 열 단어에 1센트!

그러면서 편집자는 그 소설을 칭찬하기도 한다.

그는, 그 어마어마한 시간 낭비에, 소름이 끼쳤다.

잭 런던Jack Londen의 소설 『마틴 에덴』(오수연 옮김, 녹색광선, 2022)에 나오는 한 장면이다. 의미 없는 먼지보다는 찬란한 재가 되기를 원했던 작가. 1876년 샌프란시스코에서 태어나, 어머니의 재혼과 좋지 않은 집안 사정으로 하루 열여덟 시간이나 노역을 했지만, 일하는 것만으로는 결코 '가난'을 벗어날 수 없다는 사실을 깨닫고, 노동자, 도둑, 선원, 부랑자 생활을 하며 밑바닥 세계를 떠돌았던 작가.

직업 선원이 되어 일본과 시베리아까지 갔던 그는 돌아와서 엄청난 에너지로 작품을 써 여러 잡지사에 응모하지만, 반송되거나 서두에 나오는 저 글과 같은 수모를 겪는 작가.

이 소설은 그의 자서전적 이야기를 고스란히 담고 있다. 10대 후반부터 시작한 습작시절에도 그는 여전히 가난했고, 고된 노역의 삶을 살 수 밖에 없었고, 결국 사회주의자가 된다. 인생은 아이러니컬하다. 잭 런던은 스물여섯이란 나이에 『야성의 부름』으로 젊은 나이에 미국 최고의 인기작가 반열에 오른다.

작가에 대한 이력을 오랜만에 길게 썼다. 흔히 '내가 살아온 이야기를 쓰자면 책이 열 권이라도 모자란다'며 보따리를 풀어놓으려는 사람들처럼, 그의 인생과 소설의 보따리가 커서 실제 삶의 이력을 써야만 했다. 그의 일생이 바로 한 권의 소설이라, 그의 생애를 모르고서는 제대로 된 감정이입이 어렵다.

사람들은 작가의 실제 삶에 관심이 많다. 책과 연결해보면 뭔가 명확한 선이 그어지고, 느낌도 다르다. 나도 실은 다른 작가의 삶에 대해 궁금해한 적도 많다. 그중 최고는 『호밀밭의 파수꾼』을 써서 미국뿐만 아니라 세계적인 명성을 얻은 J.D 샐린저라고 할 수 있다. 무엇보다도 지독한 은둔의 생활을 한 작가라는 게 신비와 매력을 더했다. 그와 한 번이라도 만나거나 인터뷰를 하는 건 하늘이 내려준 기회라고 할 정도였으니 말이다. J.D 샐린저를 모두 깊이 궁금해했다. 세상에 나타나지 않는 그를.

어느 날 누군가가 내게 물었다. "선생님은 왜 가족사를 안 쓰세요? 누구보다 쓸 말이 많으실 텐데. 작품에서 슬쩍 보여주시기만 하고, 직접적인 언급은 전혀 하시지 않는 이유가 뭐예요?"

나는 말할 수가 없어, 라고 했다. 아니 쓸 수가 없어, 라고 다시 말해주었다.

KBS에서 라디오 드라마를 10년간 쓸 때조차 한 번도 쓰질 않았다. 드라마 소재로서 그보다 더 드라마틱한 것도 없으니 훌륭한 먹잇감이다. 그러나 지나치게 드라마틱하면 자칫 드라마의 리얼리티가 떨어진다. 리얼리티가 없는 드라마는 가치가 떨어진다. 가상의 드라마에서조차도 그런 삶은 내쳐진다. 지나치다 못해 가슴이 환장으로 미칠 것만 같은 내 삶의 대사들을 나는 내 드라마에서 쓸 수도 없었고 칠 수도 없었다.

그러고 싶지 않았다. 쓰는 순간 그것들은 분명 미화될 것이다. 좋은 의미로든 나쁜 의미로든 간에. 절대로 미화되어서는 안 된다. 35년의 그 세월을 그렇게 단숨에 곱게 넘겨 줄 수는 없다. 너무 쉽다. 그건 내 삶에 대한 반역이다. 가슴이 썩을지언정 고스란히 남겨두어야 한다. 끈질기게 살아남아 종종 나를 찌르고 후벼파도록 내버려둘 작정이다. 내 생이 끝날 때까지 그것들이 나를 삼키려고 입을 벌리겠지만, 나는 결코 쓰지 않을 것이다. 두 눈을 감지 않고 똑바로 바라볼 것이다. 삶이 나에게 어떻게 했는지를, 그들이 천년의 사랑이란 이름으로 가족들을 어떻게 흔들었으며, 그 충격으로 영혼이 얼마나 뒤엉켰는지를…. 아니면 뒤엉킨 것을 끝내는 풀어야 하는 것일까.

『마틴 에덴』이 다른 사랑의 이야기들과 가장 차별화되는 부분은 로맨스에 '계급의 문제'를 접목시켰다는 점이다. 사랑은 역경을 뛰어넘을 때 아름답지만, 계급적 차이를 포함한 가치관은 일상생활에서 뛰어넘기가 쉽지 않다.

그는 예전이나 지금이나 똑같지만 사람들은 마틴 에덴이라는 사람을 보지 않고, 그가 걸친 것만 본다. 예술조차도 신문에 실린 작품이나 작가의 '생각'이 중요하지 않다. 그들에게 필요한 건 신문에 실린 작가의 '얼굴'이다. 그가 속한 땅이다.

마틴은 그가 가고자 하는 그곳, 사랑과 글, 자유 중 어떤 걸 에덴(천국)이라고 생각했을까. 깊은 암흑의 바다에서 그는 에덴의 땅을 발견했을까. 아니면 에덴의 동쪽으로 떠났을까.

이제 마틴을 떠나보낸다. 소설을 읽으면서 마음이 아파 찔끔거리는 일은 무척 오랜 만이다. 그저 먹을 것처럼 생긴 음식이라면 아무거나 입에 넣어 생존해가면서, 열아홉 시간씩 미친 듯 글을 쓰는 그의 모습이 눈과 가슴에 남아 있다. 그의 글에 대한 열정에 사랑처럼 빠져들었나 보다. 그래도 에덴이든 에덴 밖이든 쓴다. 작가의 삶을 살면서 이 세상에서 잡을 거라곤 '글'밖에 없으니.

끝으로 당신들의 에덴을 위해 다른 사람들을 함부로 황무지로 추방하지 말기를, 지옥으로 떨어뜨리지 말도록, 진심으로 부탁한다.

에필로그

사람과 사람 사이에는 무엇이 있을까.

사랑, 믿음, 행복, 슬픔, 배반, 모멸, 허무, 구걸, 질투, 기쁨, 정신, 육체, 눈물, 예의, 만남, 이별, 약속, 실망, 후회, 절망, 절실함, 두려움, 유치함, 고귀함, 그리움….

나는 이 모든 말들을 '책'에서 배웠다. 삶 속에서 이들을 겪어내느라 온통 진저리쳤지만, 한 번의 낯선 방문객으로 살고 싶진 않았다.

가겠다는 약속 하나만을 믿고 오늘 밤도 나를 한없이 기다릴 빛나는 영혼, 빛나는 글을 만나서 함께, 세상을 유영하고 싶다. 팅거 벨의 금빛가루가 뿌려졌으면….

지금 나의 두 손에 '한 권의 책'이 들려 있다. 책의 숨소리가 글로 변하는 중이다.

사람과 사람 사이에는 마음이 있다.

2023년 7월

이경은

찾아보기

도서명

영화명

인명

카프카와 함께 빵을 먹는 오후

2023년 7월 31일 1판 1쇄 발행

지은이 | 이경은

펴낸곳 | 읽고쓰기연구소
출판등록 | 제2021-000169호
주소 | 서울시 마포구 동교로 136 서강빌딩 202호
전자우편 | writerlee75@gmail.com
대표전화 | 02-6378-0020
팩스 | 02-6378-0011

ISBN 979-11-980067-2-1 (03810)
값 20,000원

이 도서는 한국출판문화산업진흥원의 '2023년 중소출판사 출판콘텐츠 창작 지원 사업'의 일환으로 국민체육기금을 지원받아 제작되었습니다.